LE SACRIFICE DU DRAGON

Marqué par le Dragon Livre 5

Dragonfire Press

ÉGALEMENT PAR
RICHARD FIERCE

CHEVAUCHEURS DE DRAGONS
D'OSNEN

Le Prix de L'Honneur
Épreuves par Sorcellerie
Une union par les Flammes
L'appel du guerrier
La Pièce des Âmes
Ailes de Terreur
Yeux de Pierre
Crocs et Griffes
La Servante des Âmes
Fumée et Ombre
Le Cavalier Sombre
Le Chant des Ossements
Épée et Couronne
Marées des Ténèbres
Colère et Ruine
Tombeau des Serments

LE SACRIFICE DU DRAGON

Marqué par le Dragon Livre 5

RICHARD FIERCE

Droit d'auteur

Ceci est une œuvre de fiction. Tous les événements décrits dans ce livre sont fictifs, et toute ressemblance avec des personnes ou des événements réels est purement fortuite. Tous droits réservés, y compris le droit de reproduire ce livre ou des parties de celui-ci sous quelque forme que ce soit sans l'autorisation expresse de l'éditeur.

Dragonfire Press

1

L'air était chaud et sec, et Mina protégea ses yeux du soleil tandis que Gedrith volait au-dessus des Longs Sables. Un ver des sables avait été repéré aux confins du domaine de l'Enclave, et dans le cadre de sa formation continue, ils avaient tous deux été chargés d'explorer la zone.

Mina scrutait les dunes de sable, à la recherche des signes révélateurs du mouvement souterrain de la bête. Elle avait beaucoup appris au cours des deux semaines qui avaient suivi la chute de Velbridge, et pourtant elle ne pouvait se défaire du sentiment d'être encore trop mal équipée pour être une chevaucheuse de dragons.

— Il est là ! cria Areg en pointant du doigt. Il se tenait debout sur la selle derrière elle, le bras tendu au-dessus de sa tête.

Elle suivit la direction indiquée par ses doigts et le vit clairement. Une bosse dans les dunes qui montait et descendait, ondulant de gauche à droite, comme un énorme serpent du désert. Mina déglutit difficilement et serra la mâchoire.

Tu le vois ? demanda-t-elle à Gedrith.

Oui.

Que penses-tu qu'il fasse ici ?

Je ne sais pas, mais peu importe. Nous devons le tuer.

Mina craignait qu'il ne dise cela. Sa seule rencontre avec les vers des sables avait été terrifiante, et ils avaient alors eu l'aide de nombreux dragons.

Devrions-nous alerter les autres ?

Il n'y a pas le temps. Si nous partons, il pourrait s'échapper.

Est-ce une mauvaise chose ?

Le seul bon ver des sables est un ver mort, gronda Gedrith.

L'odeur d'orchidées emplit ses narines, et elle sut qu'il était déçu par sa peur et sa réticence. Elle ignora l'envie de s'excuser.

Nous devons l'attirer à la surface, dit-elle.

Sans offrir de réponse, Gedrith plongea brusquement. Areg s'accrocha à ses épaules, la serrant fermement de ses petites mains. Malgré sa taille minuscule, il était bien plus fort qu'il n'y paraissait. L'air fouettait autour d'eux, tirant sur ses cheveux et faisant onduler violemment sa chemise. L'air sec piquait ses yeux, et elle se pencha en avant en plissant les paupières.

Alors que le sol n'était plus qu'à quelques mètres, Gedrith redressa et se stabilisa, utilisant ses ailes massives pour capter l'air et ralentir sa descente. Il plana au-dessus du sable mouvant et enfonça profondément ses griffes arrière. S'accrochant à la chair du ver, le corps massif de Gedrith trembla brièvement, mais ce fut suffisant pour qu'Areg s'écrase contre Mina et que tous deux tombent du dos de Gedrith.

Mina haleta de surprise et de douleur en roulant le long de la dune. Une fois son corps immobilisé, elle se redressa et cracha le sable de sa bouche. Un rapide coup d'œil ne révéla aucune blessure, mais elle serait probablement courbaturée le lendemain. Chancelant sur ses pieds, elle chercha Areg du regard. L'elfe se trouvait à une douzaine de pas, déjà debout, l'épée dégainée.

Es-tu blessée ? demanda Gedrith.

Il vola au-dessus d'elle, son ombre obscurcissant temporairement le soleil.

Je ne pense pas. Où est le ver ?

Monte au sommet de la colline.

Son absence de réponse lui indiqua qu'ils étaient en danger. Elle courut vers le haut de la dune, pompant furieusement des jambes, mais le sable tirait sur ses bottes, la ralentissant. Areg la dépassa en courant, ses petits pieds effleurant si légèrement le sable qu'il laissait à peine des empreintes. Si tous les elfes étaient aussi agiles, c'était un miracle qu'ils ne soient pas les seuls autorisés à se lier aux dragons. Cela dit, il était le seul elfe qu'elle ait jamais vu, ce qui était curieux.

Lorsqu'elle atteignit le sommet de la colline, la sueur luisait sur sa peau et elle eut du mal à tirer son épée du fourreau à son côté. Le sol tremblait sous ses pieds, et le sable vibrait, provoquant des mini-glissements de terrain le long de la dune. Un instant plus tard, Areg la plaqua au sol, la faisant tomber à plat dos.

Avant qu'elle ne puisse l'interroger, le sol où elle se tenait explosa. La tête du ver des sables, la gueule grande ouverte, jaillit, les arrosant elle et l'elfe de sable et de salive. Areg venait de lui sauver la vie. Elle se releva en titubant et dégaina son épée.

— Merci, souffla-t-elle.

Areg hocha la tête, se tournant pour suivre le chemin du ver. Mina fit de même. La bête continua de l'autre côté de la dune, disparaissant de nouveau sous terre, bien que le renflement qu'elle laissait derrière elle indiquât clairement où elle allait. Elle fit un large virage et revint en arrière.

— Que faisons-nous ? demanda-t-elle, la panique menaçant de submerger son bon sens.

— Tuer, répondit simplement Areg en souriant.

— Comment ?

L'elfe secoua sa lame.

— Oui, avec une épée, évidemment. Je veux dire, *comment* le tuer avec une épée ? Qu'est-ce que je dois exactement poignarder ?

— Cœur, dit-il.

Mina se souvint des paroles de Gedrith lors de leur combat contre le roi des vers.

— Il est enveloppé d'os et de muscles, alors comment puis-je le pénétrer ?

— Non, roi ver seulement. Celui-ci facile.

Devant le regard sinistre de Mina, Areg haussa les épaules. — Plus facile, précisa-t-il.

Quand l'elfe avait tué le roi des vers, il avait été avalé par la créature. La seule façon de les tuer était de l'intérieur. Mina frissonna à cette idée.

— Je vais attirer son attention, et toi, tu entres là-dedans pour le tuer, dit-elle.

Areg secoua la tête. — Toi.

— Moi ? Non, je ne peux pas le faire.

— Pouvoir. Retenir souffle. Poignarder cœur. Facile.

Mina observa le renflement dans le sable qui se rapprochait, et la réalisation la frappa. Cela faisait partie de son entraînement, un autre test de ses capacités et de ce qu'elle avait appris. Pourquoi Gedrith ne l'avait-il pas prévenue ?

— Si c'est si facile, pourquoi m'as-tu poussée hors du chemin ?

— Pas préparée. Mauvais endroit. Areg fit des gestes avec ses mains, indiquant qu'elle aurait été démembrée par la créature. Le tremblement du sol remonta le long des jambes de Mina, ramenant son attention sur le ver qui approchait. Il était temps d'arrêter de se remettre en question. Elle n'était plus une esclave, mais une chevaucheuse de dragons.

La première chevaucheuse de dragons depuis mille ans. La seule *vraie* chevaucheuse de dragons.

Mina serra fermement la poignée de son épée et repoussa sa peur. Le renflement dans le sable venait droit vers elle. Elle se positionna face à lui et dut se hurler dessus pour ne pas fuir. Le ver perça la surface du sol, et le temps sembla s'arrêter. La gueule de la créature s'ouvrit, révélant un torrent de salive qui dégoulinait sur le sable.

Le temps reprit son cours normal, et Mina leva son épée devant elle, se jetant en avant dans la gueule du wyrm. Il l'avala, la plongeant dans une obscurité humide. Elle courut aveuglément, retenant sa respiration comme Areg le lui avait indiqué. Les parois charnues à l'intérieur du wyrm pulsaient et se contractaient autour d'elle. Ses poumons la brûlaient intensément, et elle craignait de suffoquer.

Où est le cœur ? s'écria-t-elle.

Tu le sauras quand tu le verras, répondit Gedrith. *Continue d'avancer.*

Mina se força à mettre un pied devant l'autre, tailladant l'intérieur du wyrm au passage. Si la créature ressentait une quelconque douleur, elle ne pouvait le dire. Sa poitrine se serrait et la brûlure dans ses poumons était presque insupportable. Pourquoi devait-elle retenir sa respiration, après tout ?

Elle hoqueta et inspira profondément. L'odeur nauséabonde de la décomposition l'assaillit et elle comprit pourquoi Areg lui avait dit de ne pas respirer. Ses yeux se mirent à larmoyer, mais elle sentit quelque chose vibrer devant elle. C'était puissant, et elle supposa que c'était le cœur. Quelques pas de plus, et une lueur rose-rouge devint visible. La lumière pulsait en synchronisation avec les vibrations, ne laissant aucun doute quant au fait qu'il s'agissait bien du cœur du wyrm.

Mina pointa la pointe de l'épée vers la lumière et écarta les pieds, se préparant. Elle enfonça la lame de toutes ses forces. Elle traversa facilement les couches de chair, et l'épée s'enfonça jusqu'à la garde. Le wyrm frémit autour d'elle, et elle prit conscience que la créature s'était brusquement arrêtée.

Le travail était fait, et maintenant elle devait s'échapper. Elle se rappela qu'Areg s'était frayé un chemin hors du flanc du roi des wyrms, alors elle commença à tailler dans la paroi charnue à sa gauche. Un liquide chaud et humide recouvrait ses bras, et elle supposa que c'était du sang. Ignorant sa répulsion, elle balança l'épée encore et encore jusqu'à ce que la lumière du jour soit visible et qu'elle jaillisse sur le sable. Du coin de l'œil, elle vit Areg dévaler la dune vers elle.

— Tu l'as fait ! cria-t-il triomphalement. Tu l'as fait !

Une ombre passa au-dessus d'elle et un instant plus tard, Gedrith atterrit à proximité, ses puissantes ailes soulevant le sable du désert. Mina laissa tomber son épée et s'effondra à genoux, couverte de sang et d'autres choses qu'elle préférait ne pas considérer.

Très bien, dit Gedrith. *Tu as réussi l'épreuve finale de l'Enclave.*

Mina resta silencieuse un moment, ses pensées en désordre. Elle regarda tour à tour le dragon et Areg, puis essuya quelques entrailles de sa joue.

— J'ai besoin d'un bain, souffla-t-elle.

2

La lumière du soleil filtrait dans la cellule par l'étroite fenêtre près du plafond. C'était la seule chose qui marquait le passage du temps. Caden utilisa le bord de sa chaîne droite pour graver une ligne sur le mur. Elle rejoignait les treize autres, et il fixa les lignes en silence. Cela faisait deux semaines que Mina l'avait laissé pourrir ici, mais cela semblait bien plus long que ça.

En l'absence de Lireth dans son esprit, c'était comme si un brouillard s'était levé. Ses pensées lui semblaient propres, et c'était une sensation étrange. C'était presque comme s'il faisait l'expérience des choses pour la première fois, pourtant il savait que ce n'était pas vrai. Lireth avait-elle pris le contrôle de ses pensées, ou se sentait-il simplement ainsi à cause de la distance qui les séparait ?

Il était impossible de le dire.

La première hypothèse expliquerait pourquoi Mina s'était retournée contre lui, mais c'était son dragon qui était maléfique. N'est-ce pas ? Tout cela lui donnait mal à la tête, et il repoussa ces pensées. Un garde avait dû apporter le petit-déjeuner à un moment donné, car un bol en bois rempli de soupe était posé sur le sol près de la porte de la cellule. Caden rampa le long du sol et s'en saisit, portant le bol à son nez pour en renifler le contenu.

C'était un arôme doux et terreux, et il pouvait sentir des notes de céleri et de carottes. La nourriture était mieux que rien, mais il aspirait à des œufs, du pain frais et de la viande. Il avala la soupe et grimaça. Elle était froide, et la saveur laissait à désirer. Celui qui préparait la nourriture ne savait pas ce qu'il faisait.

Quelque chose *tinta* contre les barreaux de la fenêtre, et Caden leva les yeux. Il n'y avait rien. Il avait déjà perdu Lireth. Était-il en train de perdre l'esprit maintenant ? Une forme sombre passa devant la fenêtre, et un moment plus tard, un bruit sourd résonna dans la cellule. Caden se leva et retint son souffle. Il pouvait entendre des voix étouffées de l'autre côté du mur, mais il ne pouvait pas discerner leurs paroles.

Il fit quelques pas vers le mur et s'immobilisa, penchant la tête sur le côté et écoutant attentivement.

— Donne-le-moi, espèce d'idiot. Ce n'est pas si difficile.

Caden regarda à nouveau la fenêtre juste à temps pour voir un objet mince et cylindrique passer à travers les barreaux. Avant qu'il ne puisse penser à s'écarter, l'objet le frappa à l'œil droit. Il tomba sur le dos avec un hoquet de douleur et pressa sa main sur son visage. Il n'y avait pas de sang, mais ça brûlait comme le feu.

Il s'assit et regarda autour de lui. Le cylindre avait roulé contre le mur. Il s'en saisit et le leva, grimaçant alors qu'une douleur fulgurante éclatait près de sa pommette. La douleur s'atténua en une sensation sourde, et il passa ses doigts sur le bois lisse. Au sommet se trouvait un bouchon. Il l'enleva et regarda à l'intérieur pour voir un parchemin enroulé. Glissant son doigt à l'intérieur, il le sortit et le déroula. Il n'y avait que cinq mots écrits dessus :

Éloignez-vous du mur.

Caden mit la lettre et le contenant de côté et se massa le visage tout en reculant du mur. Qui était là-dehors ? Et que voulaient-ils ? Un bruit de grincement remplit la cellule, et le bord tranchant d'un outil métallique déchira le mur de pierre. Il découpa une forme carrée grossière, et quelqu'un de l'autre côté poussa les pierres dans la cellule. La lumière du jour inonda l'ouverture, aveuglant Caden. Il leva la main pour bloquer la lumière et vit la silhouette d'une figure grimper à travers le trou dans le mur.

— Mon seigneur, la silhouette tendit une main. Nous sommes venus vous sauver.

Caden accepta l'aide et regarda le visage reptilien de Bast. Un tourbillon confus d'émotions le submergea. La dernière fois que Caden avait vu le draman, il avait essayé de le tuer, pensant qu'il était un traître. Une culpabilité inexplicable emplit son ventre.

— Bast, dit-il enfin. Je suis désolé.

— Nous devons partir avant qu'ils ne se rendent compte que vous êtes parti.

Bast saisit la chaîne sur sa main droite et la brisa d'un coup sec, puis fit de même avec l'autre. Caden frotta ses poignets endoloris, toujours confus.

— Pourquoi es-tu ici ?

— Je te l'ai déjà dit.

— Non, je sais *pourquoi* vous êtes ici, mais pourquoi es-*tu* ici ? Je suis sûr que tu me détestes.

— Ce n'est pas le cas, répondit Bast. Tu avais beaucoup de poids sur les épaules. Nous pourrons parler de ces choses plus tard. Viens.

Le draman grimpa à nouveau à travers le trou, et Caden jeta un coup d'œil autour de la cellule. Il s'était finalement résigné à mourir seul ici dans le donjon, mais maintenant la liberté était juste devant lui. Méritait-il d'être libre ? Lireth lui avait sauvé la vie et s'était liée à lui, pourtant il lui avait fait défaut quand elle avait le plus besoin de lui.

— Mon seigneur, s'il vous plaît. Notre maîtresse a besoin de notre aide. Elle est retenue prisonnière par l'Enclave.

— Notre maîtresse, répéta Caden.

Peut-être lui montrerait-elle de la clémence quand il arriverait avec le draman pour la libérer. C'était la seule chose qu'il pouvait espérer, et c'était certainement mieux que de pourrir dans le donjon de Lord Culver. Caden se glissa à travers le mur endommagé et sortit à l'air frais. La chaleur du soleil sur sa peau était un changement bienvenu par rapport aux pierres froides de sa cellule.

—Merci, dit Caden, regardant de Bast aux douze autres dramans qui avaient aidé à son sauvetage. Je vous ai tous fait défaut, mais je ferai de mon mieux pour restaurer votre confiance en moi.

Bast agita sa main griffue. — Nous sommes tous coupables d'échec.

— Est-ce tout le monde ?

— Non, les autres sont rassemblés dans les bois où nous étions campés avant l'attaque sur Velbridge.

— Combien ?

— Douze cents hommes forts.

Le soulagement envahit Caden. Il était reconnaissant qu'ils ne soient pas tous morts dans la bataille. — Qu'en est-il des alliés de Lireth ? Les autres dragons ?

— Partis, j'en ai peur. Ils se sont enfuis quand Lord D'Lance a utilisé sa magie pour l'arrêter.

— Et Mina, la fille, son dragon a tué Lord D'Lance ?

Bast ricana. — Non. La fille l'a fait.

Cela fit réfléchir Caden. Mina avait tué Lord D'Lance ? Cela signifiait qu'elle l'avait... sauvé. Et Lireth. C'était intrigant. Et... inattendu.

— Je vois.

— Nous devrions nous mettre en route, dit Bast. Nous pourrons discuter de ces choses en marchant.

3

Après s'être minutieusement débarrassée de la crasse et des immondices du ver des sables, Mina déambulait dans les corridors, le bruit feutré de ses pieds nus résonnant contre les parois de verre. La nouvelle de son exploit, avoir tué seule un ver des sables, s'était rapidement répandue parmi les dragons. Elle avait encore du mal à croire qu'elle y était parvenue.

Perdue dans ses pensées, elle se retrouva devant la chambre qui servait de cellule à Lireth. Elle observa à travers la vitre le dragon qui faisait les cent pas dans la caverne. Elle était immense, et semblait d'autant plus imposante dans cet espace confiné. Ses griffes raclaient le sol tandis qu'elle arpentait la pièce, et l'odeur de safran flottait dans l'air, atteignant les narines de Mina malgré la paroi de la caverne. La fureur de Lireth ne s'était *toujours pas apaisée. Bien que fine, la paroi s'était avérée impénétrable. Les innombrables marques de griffures de l'autre côté en témoignaient.*

Lorsque Lireth s'approcha dans son va-et-vient, Mina se détourna. Elle avait assez observé la créature. Des pas fermes résonnèrent contre les murs, et elle vit Areg approcher.

— Que fais ?

— Rien, répondit-elle.

Le petit elfe portait toujours son armure de cuir et son épée à la ceinture. La première fois qu'elle l'avait rencontré, il l'avait surprise car elle n'avait jamais vu d'elfe auparavant. Sa petite taille et son teint pâle le distinguaient de tous les humains qu'elle avait connus. Son étrange façon de parler, résultat d'un terrible accident, s'ajoutait à son apparence singulière. Malgré tout cela, Mina le trouvait mignon d'une manière platonique, bien qu'elle ne le lui dirait jamais. C'était un féroce guerrier, son apparence attachante étant trompeuse.

— Prête ?

— Je dois mettre mes bottes, répondit-elle en levant son pied droit et en remuant ses orteils.

— On y va.

Mina acquiesça et accompagna l'elfe jusqu'à ses quartiers. Elle enfila ses bottes et ceignit son épée autour de sa taille.

— Penses-tu que les draman viendront chercher Lireth ? Je sais qu'elle est trop loin pour leur parler, mais ils lui sont toujours liés.

Areg haussa ses petites épaules. — Stupide. Dragons plus forts.

— C'est vrai, dit-elle.

Cela faisait deux semaines que Lireth était emprisonnée, deux semaines que Caden était enfermé dans le donjon de Lord Culver. Mina avait pensé à lui chaque jour depuis qu'elle l'avait laissé là-bas. Ils avaient été amis, et à une époque, elle avait même espéré que leur relation s'épanouirait en quelque chose de plus, mais le lien de Lireth avec lui avait corrompu son esprit et l'avait retourné contre elle.

Elle passait ses journées à s'entraîner avec Areg et à renforcer son lien avec Gedrith. Une fois de plus, elle songea au sentiment d'insuffisance qu'elle ressentait, bien que le fait d'avoir tué le ver des sables l'ait quelque peu atténué. Elle était la première dragonnière depuis mille ans, mais tout cela n'était qu'un concours de circonstances accidentel. Elle n'était pas née guerrière, ni même meneuse. Jusqu'à récemment, elle avait été l'esclave de

Lord Klodian, le guidant dans des chasses aux dragons pour qu'il puisse tuer ces créatures par plaisir.

Maintenant, elle vivait parmi eux comme si son passé n'était pas entaché de sang et de mort. Gedrith lui avait pardonné, mais les péchés de son passé la hantaient toujours. Elle savait qu'elle devait se pardonner à elle-même, mais elle ne savait pas comment s'y prendre.

Elle et Areg remontèrent la pente qui menait hors des cavernes souterraines vers la lumière du jour. L'air était plus chaud et plus sec qu'auparavant, si c'était possible, et l'odeur de poussière était écrasante. Le paysage n'était pas très différent de celui du domaine de Klodian, à l'exception de l'absence de bâtiments humains. Elle se demanda comment se portait Lord Klodian, puis chassa cette pensée de son esprit. Cela n'avait pas d'importance. Il n'avait pas d'importance.

Gedrith prenait un bain de soleil en les attendant, ses ailes massives déployées. Il leva la tête à leur approche.

L'Enclave est impressionnée par ta victoire sur le ver des sables.

T'ont-ils envoyé ici pour me le dire ?

Non. Je voulais voir tes progrès avec la lame.

Mina dégaina son épée et fit quelques moulinets d'entraînement.

J'ai appris beaucoup de choses, mais je ne pense toujours pas être prête pour le combat.

Tu es trop dure avec toi-même, dit Gedrith.

Je dois l'être.

Pourquoi ?

Mina prit une profonde inspiration. Pour expier mes péchés.

Ton nom est-il Avera maintenant, pour que tu aies un tel pouvoir ?

Cela la fit réfléchir. Je ne me prends pas pour une déesse, si c'est ce que tu veux dire.

Alors laisse ton passé derrière toi, car seuls les dieux peuvent effacer l'histoire.

Mina planta la pointe de sa lame dans le sol et s'agenouilla, prenant une poignée de sable. Elle le laissa filtrer entre ses doigts en méditant ses paroles. Peut-être avait-il raison. Ses erreurs hantaient ses pensées, mais si elle était la seule à y penser, cela ne revenait qu'à s'auto-flageller. Elle se leva et saisit son épée, se tournant vers Areg.

Pour quoi est-ce que je m'entraîne ? demanda-t-elle à Gedrith. Lord D'Lance est mort.

Crois-tu qu'il était la seule force du mal dans le monde ?

Non.

Bien, je me serais inquiété dans le cas contraire. En tant que dragonnière, ton devoir est de protéger ceux qui ne peuvent pas se défendre eux-mêmes.

Comment une seule personne est-elle censée protéger tout le monde ?

Avec de l'aide, bien sûr. La mienne, ainsi que celle de l'Enclave.

Y aura-t-il d'autres comme moi ? D'autres dragonniers ?

Gedrith resta silencieux un moment. L'Enclave n'a pas encore pris de décision à ce sujet. Cela dépendra de toi.

De moi ? Je pensais m'être déjà prouvée auprès d'eux.

C'est le cas, mais ce n'est pas aussi simple que ça.

Que veux-tu dire ?

Concentre-toi sur ton entraînement, dit Gedrith.

Mina le fixa du regard. Il y avait quelque chose qu'il ne lui disait pas.

Ne sommes-nous pas liés comme un seul être ? Si tu veux que je te fasse confiance, alors tu dois aussi me faire confiance.

Très bien. Je ne voulais pas t'inquiéter, mais je ne te cacherai rien. L'Enclave garde un œil sur ce qui se passe dans les Domaines. Les draman de Lireth se regroupent lentement.

Se regroupent ? Projettent-ils de venir la chercher ?

Cela reste à voir, mais il ne serait pas sage pour eux de venir ici.

Oui, mais nous avons déjà vu quelle folie Lireth peut accomplir dans l'esprit des gens. Le danger ne les empêchera pas de faire des choses insensées. Il faut les arrêter avant qu'ils ne fassent quoi que ce soit d'irréfléchi. Que compte faire l'Enclave à leur sujet ?

Pour l'instant, rien, répondit Gedrith. Ils ne représentent pas une menace pour nous.

Mina n'en était pas si sûre, mais elle ne le contredit pas.

À moins que quelque chose ne change, tu resteras ici et continueras à apprendre.

Et si quelque chose change ? Que se passera-t-il alors ?

Alors toi et moi nous en occuperons.

Mina hocha la tête. Très bien. Elle se retourna vers Areg. — Tu es prêt ?

Areg sourit. — Allons-y.

Mina leva sa lame et se jeta en avant.

4

Une vague d'émotions submergea Caden alors qu'il entrait dans le camp avec Bast. Des Draman s'affairaient, certains cuisinant et d'autres déplaçant des provisions vers de grandes tentes utilisées pour le stockage. Il était heureux de voir que tant d'entre eux avaient survécu à la bataille de Velbridge. Bast le conduisit vers un pavillon de taille modeste, bien que plus grand que la plupart des autres tentes.

— Celle-ci est la tienne, dit-il. Bast semblait l'avoir sincèrement pardonné, mais Caden ne pouvait s'empêcher de se sentir coupable de ses actions passées.

— Je suis désolé d'avoir douté de ta loyauté, dit-il en regardant le draman. Mon esprit était obscurci par beaucoup de choses.

— Je ne vous en veux pas, mon seigneur. Même si c'était le cas, notre maîtresse vous a

23

mis à la tête de ses forces, et je ne désobéirais jamais à ses ordres.

Caden hocha la tête. Il croyait Bast, ce qui le fit à nouveau s'interroger sur les raisons pour lesquelles il avait pensé que le draman était un traître. Une pensée inconfortable planait à l'arrière de son esprit, mais il n'osait pas la reconnaître.

— Que reste-t-il de Velbridge ? demanda-t-il.

— Les incendies ont détruit beaucoup, et les gens ont pillé ce qui restait avant de fuir vers des lieux plus sûrs. Nous avons déjà fouillé les ruines à la recherche de provisions, mais il y avait peu de choses utilisables. Ce que vous voyez ici est tout ce que nous avons.

— Qu'en est-il des autres Domaines ? Certains seigneurs ont-ils essayé de s'emparer du Dracan ?

— Non. Le Haut Prince a envoyé des soldats pour patrouiller dans le domaine et maintenir l'ordre. Nous sommes restés cachés depuis leur arrivée.

Caden n'était pas surpris par la nouvelle, bien qu'il ne sache pas grand-chose du Haut Prince. Il soupçonnait que l'homme rassemblait les détails de ce qui s'était passé, et une fois qu'il découvrirait ce que le seigneur

D'Lance avait comploté, il serait probablement soulagé que l'homme soit mort.

— Qu'en est-il des autres dragons ? Ceux qui sont venus aider notre maîtresse ?

Bast grogna. — Ils se sont enfuis vers le nord quand le cours de la bataille a changé. Des lâches.

— Je ne suis pas en désaccord avec cette évaluation, mais nous allons avoir besoin de leur aide pour trouver l'Enclave. Avec nos effectifs limités, il sera impossible de trouver leur foyer dans Les Longs Sables.

— Voulez-vous que j'envoie des hommes pour les chercher ?

— Non, répondit Caden. Je le ferai moi-même.

— Vous venez juste de nous revenir, mon seigneur. Est-il sage pour vous de partir ?

Caden n'aimait pas l'idée de traquer des dragons seul, mais il pensait que ce faisant, il prouverait son dévouement à Lireth. Cela, et peut-être qu'elle serait plus clémente envers lui après sa libération. Il tendit la main à travers le lien, mais celui-ci s'estompa dans l'obscurité et il n'y avait rien à l'autre bout.

— Je reviendrai dès que possible. En attendant, concentrez-vous sur la recherche de nourriture et d'eau. Nous aurons besoin de beaucoup des deux si nous voulons marcher à travers le désert.

— Comme vous le commandez, dit Bast, inclinant la tête.

Une réalisation frappa Caden, et il fronça les sourcils. — Avec la mort du seigneur D'Lance, il n'y aura plus de nouveaux draman. Nous devrons trouver un moyen de renforcer nos effectifs.

— Quand le château a été détruit, nous avons trouvé des draman femelles que le seigneur D'Lance gardait dans le donjon. Il semble qu'il n'ait pas limité ses expériences aux seuls soldats.

— Qu'est-ce que cela signifie ? demanda Caden.

— Cela reste à voir, mais je pense que nous serons capables de reproduire notre espèce de manière naturelle.

— Je pense que Lireth sera heureuse d'entendre cela.

— Je ne voudrais pas lui donner de faux espoirs, mon seigneur. Comme je l'ai dit, cela reste à voir.

— Tu as raison, mon ami. N'en parlons pas jusqu'à ce que nous en soyons certains.

Ils restèrent silencieux un moment, puis Bast dit : — C'est bon de vous avoir à nouveau parmi nous.

— C'est bon d'être de retour. Merci encore de m'avoir secouru, bien que je ne mérite pas ta bonté après ce que j'ai fait.

— C'est pardonné, répondit Bast, agitant une main griffue. N'en parle plus. C'est du passé maintenant. Quand partiras-tu ?

— Bientôt, dit Caden. J'ai besoin de manger quelque chose, et puis je partirai. Lireth est partie depuis trop longtemps, et je ne veux pas qu'elle soit emprisonnée plus longtemps que nécessaire.

— Jusqu'à votre retour alors, mon seigneur. Bast inclina à nouveau la tête et se tourna pour partir.

— Je t'ai déjà dit de m'appeler Caden. Rien n'a changé à ce sujet.

— Très bien. Jusqu'à ton retour, Caden.

Bast partit vaquer à ses occupations, et Caden alla chercher de la nourriture auprès d'un groupe de draman qui faisaient cuire de la viande sur un grand feu. Il était impossible de dire quel genre de créature était à la broche, mais quand Caden mit un morceau de viande dans sa bouche, il reconnut immédiatement le goût du cerf. Il complimenta les draman pour le repas, puis se rendit à sa tente.

Être de retour parmi eux lui donnait l'impression d'être chez lui, bien qu'il supposât que c'était vraiment son foyer. Ils étaient tous au service de Lireth, et dans ce lien partagé, ils étaient proches. On pourrait même dire qu'ils étaient une famille, d'une certaine manière. Les yeux de Caden parcoururent le camp tandis qu'il réfléchissait à la voie à suivre. Rechercher les autres dragons était risqué, surtout s'ils le flambaient avant de l'écouter.

Pendant un bref instant, il faillit perdre courage, mais il repoussa ses doutes. Il n'y avait aucun sens à attendre. Plus vite il reviendrait, plus vite ils pourraient se rendre dans Les Longs Sables pour libérer Lireth. Cela semblait une éternité depuis qu'il avait entendu sa voix ou senti sa présence. Quelque chose de profond en lui s'agita, et il se demanda si elle pouvait le sentir même s'il ne pouvait pas la sentir.

Caden se détourna de sa tente et se rendit au pavillon qui servait d'armurerie. Il prit une chemise de mailles et la passa par-dessus sa tête, puis choisit une épée tranchante et bien équilibrée. Elles ne serviraient à rien contre un dragon, mais on ne savait jamais quel genre de problèmes il pourrait rencontrer étant donné que le domaine se remettait encore. Haut Prince ou pas, les gens recouraient aux actes les plus sombres pour s'assurer de pouvoir manger.

Dans cette optique, il prit également une dague courte qu'il glissa dans sa ceinture. Satisfait d'être convenablement armé, Caden attacha une sacoche en cuir sur son épaule et retourna vers les draman qui cuisinaient. Ils lui offrirent suffisamment de rations pour durer une semaine, mais il se sentit coupable d'en accepter autant et refusa, n'en prenant que pour quelques jours.

Convaincu qu'il avait tout ce dont il avait besoin, il quitta le camp et se dirigea vers le nord.

5

Mina était assise au sommet d'une colline, prenant une pause après avoir ferraillé avec Areg. Elle buvait de l'eau à sa gourde tout en contemplant les dunes ondulantes qui s'étendaient jusqu'à l'horizon. Gedrith la rejoignit, et ils restèrent silencieux jusqu'à ce que Mina pose une question qui la taraudait depuis la bataille de Velbridge.

Comment ai-je fait pour cracher du feu ?

Gedrith émit un grondement profond qui fit trembler le sable et déclencha une mini-avalanche le long de la colline.

Lorsque le lien est suffisamment fort, les cavaliers et leurs dragons peuvent partager leurs sens et leurs capacités. Tu avais besoin d'aide, alors je t'ai donné le pouvoir de mes flammes.

Mina se leva et ouvrit la bouche. Après un moment, elle fronça les sourcils et se tourna vers Gedrith.

Rien ne s'est passé. Je ne peux pas cracher du feu à volonté ?

Si, si je te le permets.

Que veux-tu dire ?

Tu as accès à moi et à ma puissance à travers le lien, mais je dois t'autoriser à l'utiliser.

Laisse-moi utiliser ton feu, s'il te plaît. Je veux voir comment ça fonctionne.

Très bien.

Mina se détourna du dragon et ouvrit à nouveau la bouche. Elle se concentra sur le lien et fit appel aux flammes de Gedrith. Sa gorge se réchauffa, mais seule une petite flamme orange s'échappa de sa bouche.

Il te faudra du temps pour maîtriser cette capacité, dit Gedrith.

Alors comment ai-je fait si facilement à Velbridge ?

Le désespoir a rendu la connexion plus puissante. Il est difficile de recréer cette urgence sans une véritable peur.

Certaines choses prenaient du temps. C'était ainsi que fonctionnait le monde, même avec la magie, semblait-il. Mina avait tout le temps nécessaire, car il n'y avait rien d'autre à faire que s'entraîner. À moins qu'un nouvel ennemi ne surgisse, bien sûr. Elle se lécha les lèvres et ferma la bouche, puis s'assit dans le sable et s'adossa contre Gedrith.

Je me sens déplacée ici, avoua-t-elle. *Je suis entourée de dragons.*

Areg n'est pas un dragon.

Je sais, mais ce n'est pas un humain.

Est-ce que tu regrettes d'être parmi d'autres humains ?

Oui.

Malgré la façon dont beaucoup d'entre eux se comportent ?

Ça peut sembler étrange, j'en suis sûre, mais oui.

Même quand Lucius était en vie, j'étais toujours entouré d'autres dragons. Je ne peux pas comprendre ton désir parce que je ne l'ai jamais vécu moi-même, mais je ne pense pas qu'il soit sage pour toi de partir d'ici.

Bien qu'elle regrettât les siens, Mina ne voulait pas partir. Pas sans Gedrith. Il faisait autant partie d'elle que n'importe lequel de ses membres. Elle sourit en repensant à leur première rencontre. Il était sur le point de tuer Lord Klodian, et elle l'avait entendu parler. Beaucoup de choses avaient changé depuis, et certaines pour le mieux.

Elle se protégea les yeux du soleil et regarda en bas où se trouvait Areg. L'elfe s'entraînait encore à l'épée, tournoyant dans tous les sens, sa lame scintillant sous le soleil à chaque coup. C'était agréable d'avoir quelqu'un de qui apprendre. Cela l'aidait à combattre l'ennui, mais cela lui permettait aussi de ne pas penser à certaines choses, comme sa solitude.

Peut-être serait-il bénéfique pour toi d'avoir de la compagnie humaine ici, dit Gedrith.

L'Enclave le permettrait ?

Il faudra les convaincre, mais je ne vois pas pourquoi ils s'y opposeraient, surtout s'il s'agit de quelqu'un ouvert à l'idée de se lier à un dragon.

Mina se redressa brusquement et se tourna vers Gedrith. *Un autre dragonnier ? Je croyais que tu avais dit que l'Enclave n'avait pas encore décidé ?*

C'est vrai. Je ne parle pas au nom de l'Enclave, mais ils font confiance à ma sagesse. Ce pourrait être l'occasion de leur montrer qu'il est temps de reconstruire les dragonniers.

Le monde est-il prêt pour ça ?

Nous verrons bien, répondit Gedrith.

Plus de dragonniers ? Mina se délectait à l'idée d'avoir d'autres personnes qui pourraient comprendre ses difficultés, mais elle craignait aussi ce qui pourrait arriver si la mauvaise personne se liait à un dragon. Gedrith sentit son malaise.

L'Enclave craint la même chose, mais nous ne devons pas laisser cela nous tenir à l'écart du monde. Nous en faisons partie malgré nos efforts pour nous isoler.

Ils restèrent silencieux un moment, et Mina se demanda si l'Enclave accepterait qu'un autre humain vienne ici. Elle ne le pensait pas, mais ça ne coûtait rien de demander. La question était, qui voudrait-elle faire venir ici ? La réponse évidente était Caden, mais elle chassa cette pensée de son esprit. Ayant passé la majeure partie de sa vie comme esclave, elle n'avait pas d'amis. La seule personne en qui elle avait jamais eu un peu confiance était...

Thais accepterait-elle de venir ici ? Mina n'avait pas pensé à elle depuis qu'elle avait quitté le donjon de Klodian. Avec Lord D'Lance mort, ses parents avaient-ils obtenu leur liberté ?

As-tu quelqu'un en tête ?

La question de Gedrith interrompit sa rêverie.

J'ai peut-être quelqu'un. Elle s'appelle Thais. C'est une soldate, mais je ne sais pas si elle voudrait venir ici.

Il n'y a personne d'autre ?

Non. Elle n'hésita pas à répondre. *Elle ferait une bonne dragonnière. Elle est forte et intelligente.*

Gedrith émit un bourdonnement pensif. *Très bien. Je parlerai à l'Enclave. Je ne peux rien garantir, mais peut-être qu'ils l'autoriseront.*

Mina se leva et s'étira, prête à reprendre l'entraînement avec Areg. Elle posa une main sur le museau de Gedrith, sentant la texture rugueuse de ses écailles contre sa peau.

Merci. Garderas-tu la connexion à tes flammes ouverte pour moi ? Je veux m'entraîner à cracher du feu.

Oui, mais prends garde. Tant que tu n'auras pas appris à contrôler le feu, tu risques de te blesser ou de blesser les autres. Fais-le en plein air quand il n'y a personne autour.

Je ferai attention.

Mina se retourna et descendit la dune, retournant vers Areg. L'elfe leva son épée et cria : — Tu es prête pour la suite ?

Elle leva sa propre épée en réponse, et leurs lames s'entrechoquèrent à nouveau.

L'ombre de Gedrith passa au-dessus d'eux alors qu'il s'éloignait, et Mina espéra qu'elle aurait bientôt un autre humain à ses côtés.

6

Après deux jours de marche à travers les bois et de traversée de petites rivières, le paysage changea subtilement pour devenir des plaines plates. Les hautes herbes ondulaient sous une légère brise, mais le vent ne faisait pas grand-chose pour soulager l'inconfort de Caden. Il n'y avait pas un nuage dans le ciel, et la chaleur était insupportable malgré le soleil qui descendait lentement sous l'horizon. Les groupes occasionnels de rochers projetaient de longues ombres qui s'étiraient le long du champ.

Ses pieds lui faisaient mal à cause de l'effort, et sa gorge était sèche. Des gouttes de sueur coulaient le long de son visage, et son estomac grondait de faim. Il avait été strict avec son rationnement, peut-être trop strict. Il continuait, poussé par la pensée de la captivité de Lireth. De temps en temps, il scrutait le paysage, se protégeant les yeux de la lumière déclinante du soleil avec sa main droite.

Il n'y avait aucun signe des dragons, mais il aperçut un reflet qui pouvait être de l'eau. Caden changea de direction, orientant ses pas vers le nord-est. Quelques minutes plus tard, il vit que le reflet était bien de l'eau, et il s'effondra à genoux au bord de la mare. Plongeant ses mains dans l'eau, il s'en aspergea le visage, essuyant la sueur et la crasse.

C'était un soulagement bienvenu, mais il commençait à s'inquiéter de ne pas aller dans la bonne direction. Il aurait dû voir quelque chose maintenant. Après avoir étanché sa soif, il remplit son outre en cuir d'autant d'eau qu'elle pouvait contenir et se leva, prêt à poursuivre sa marche. Un bruissement parmi les roseaux le fit s'arrêter, et il dégaina son épée. Un petit renard émergea. Il le regarda avec curiosité pendant un instant avant de détaler.

Caden rengaina son épée et ne put s'empêcher de sourire. L'animal ne comptait pas vraiment comme de la compagnie, mais sa brève présence était une pause dans la monotonie. Il sortit un peu de viande séchée de son sac et la dévora, puis continua sa marche.

Il marcha jusqu'à ce que les étoiles soient la seule lumière dans le ciel avant de s'arrêter pour établir son camp. Il lui fallut beaucoup d'efforts pour garder les yeux ouverts, et il s'endormit presque aussitôt qu'il s'allongea. Quand il ouvrit les yeux, il se rendit compte qu'il n'était pas seul. Un feu brûlait à quelques pas, les flammes chassant l'air frais de la nuit.

N'osant pas bouger, il essaya de voir qui s'occupait du feu, mais la silhouette était juste hors de son champ de vision.

— Je sais que tu es réveillé, dit une voix douce.

Caden s'assit et posa sa main droite sur la poignée de son épée.

— Qui es-tu ? demanda-t-il, la voix rauque de sommeil.

La silhouette se tourna vers lui, et la lumière du feu révéla que c'était une femme. Elle était grande et élancée, avec de longs cheveux noirs et des yeux qui semblaient attirer la lumière du feu. Elle portait une simple tunique et un pantalon, et un arc était suspendu dans son dos.

— Je suis la gardienne de ces terres, dit-elle. Cela fait longtemps que je n'ai pas vu un autre humain par ici.

— Que veux-tu ? Caden resserra sa prise sur la poignée. Était-elle un fantôme ou quelque chose de pire ?

— Je ne veux rien.

— Alors pourquoi es-tu là ?

— Par curiosité, je suppose. Je t'ai vu marcher à travers les plaines et j'ai décidé de garder un œil sur toi. Cette zone est inhospitalière au mieux, et tu avais l'air d'avoir besoin d'aide.

Caden relâcha sa prise sur la poignée mais garda sa main en place. Il étudia la femme un moment, essayant de jauger la vérité de ses intentions.

— J'apprécie l'offre, mais je peux me débrouiller seul.

— Que fais-tu ici tout seul ? La civilisation est par là. Elle fit un signe de tête vers l'endroit d'où il venait.

— Je cherche quelque chose, dit vaguement Caden.

— Tu veux bien me dire ce que c'est ? Je pourrais peut-être t'indiquer la bonne direction. Je connais ces terres mieux que quiconque.

Caden hésita. Il ne savait rien de cette femme, mais elle semblait sincère. Il n'avançait nulle part tout seul. Si elle s'avérait être une menace, il s'en occuperait.

— Je cherche un groupe de dragons, répondit-il. Ils seraient passés par ici il y a environ deux semaines.

— Je les ai vus. Ils se sont abrités dans les montagnes là-bas. Elle pointa du doigt au loin derrière elle. Ce n'était rien de plus qu'un amas d'ombres dans l'obscurité, mais Caden hocha la tête. Au moins, il avait maintenant une direction claire.

— Je peux t'y conduire, mais ce ne sera pas facile.

— Je n'ai pas besoin d'un guide, dit-il.

— Tu ne le penses peut-être pas, mais si je te laisse errer là-bas tout seul, tu n'en reviendras pas.

Caden en doutait fortement, mais si elle connaissait vraiment la région, alors peut-être devrait-il lui faire assez confiance pour l'écouter.

— Très bien. Montre le chemin.

— D'abord, on mange. Il me reste du lapin de ma chasse de tout à l'heure. Ensuite, tu dois te reposer. Nous partirons à l'aube.

Caden était impatient de se mettre en route, mais il hocha la tête et accepta une brochette de la femme.

— Je m'appelle Caden, dit-il.

— Tu peux m'appeler Eira.

Ils mangèrent en silence pendant un moment, puis Eira commença à le mettre en garde contre les dangers de la région. Un groupe de soldats du Dominion Dracan avait fui et établi un camp au pied des montagnes. Par désespoir, ils s'étaient mis à vénérer les dragons, offrant des choses comme de l'or et d'autres humains en échange de leurs vies.

L'estomac de Caden se noua à cette pensée. Au lieu de rester pour assurer la sécurité des gens du commun après la bataille, ils avaient fui comme des lâches et offraient leurs semblables aux dragons.

Malgré sa méfiance, il était content d'avoir quelqu'un à qui parler. Quelque chose bougea dans l'obscurité, et il tourna brusquement son regard vers le bruit.

— C'est juste Rem, dit Eira.

Avant que Caden ne puisse demander qui c'était, le même renard qu'il avait vu plus tôt près de la mare d'eau arriva en trottinant.

— C'est ton animal de compagnie ?

Le renard s'arrêta et fixa Caden du regard, montrant les dents.

— Rem n'est l'animal de compagnie de personne. C'est mon compagnon.

Caden leva son sourcil gauche avec curiosité mais ne dit rien. Le renard se pelotonna à côté d'Eira et regarda les flammes vacillantes du feu.

— Va dormir, lui dit Eira. Je monterai la garde.

— Réveille-moi quand ce sera mon tour.

— Ce n'est pas nécessaire. Je m'en sortirai.

— Comme tu veux, répondit Caden. Il s'allongea et finit par se rendormir. Quand il se réveilla, il faisait encore nuit. Il pouvait voir la silhouette floue d'Eira se détacher contre le ciel. Elle était assise en tailleur devant le feu. Il était content qu'elle n'ait pas été simplement un rêve.

— Combien de temps ai-je dormi ? demanda-t-il, en se frottant les yeux pour enlever les croûtes tout en se levant.

— Pas longtemps, répondit Eira. Juste quelques heures. L'aube approche.

Caden s'étira et massa un point douloureux sur son cou. Dormir à même le sol n'était pas très confortable.

— Je suis prêt quand tu l'es.

Eira se leva et épousseta son pantalon. Elle claqua la langue, et Rem s'élança vers les montagnes. Caden la regarda d'un air interrogateur, et elle sourit.

— Il va explorer le chemin devant nous.

Caden ne pouvait se défaire de l'impression qu'il y avait quelque chose de plus chez ce renard. Il avait entendu des légendes sur des gens capables de se transformer en animaux et se demandait si Rem n'était pas en réalité un sorcier déguisé.

— Allez, dit Eira, interrompant ses pensées. Il nous faudra quelques heures avant d'atteindre la base.

Caden chassa cette idée d'un haussement d'épaules. Tant que ces deux-là pouvaient le conduire aux dragons, peu lui importait ce qu'ils étaient. Eira se dirigea vers les montagnes, et il lui emboîta le pas.

7

Mina vit peu Gedrith au cours des jours suivants, bien qu'elle ressentît constamment sa présence à travers le lien. Son entraînement se passait bien, mais elle se lassait des mêmes exercices. Elle était également impatiente de connaître la réponse de l'Enclave.

Elle enfila son armure et attacha son épée autour de sa taille, puis se dirigea vers la surface. Il était tôt, et Areg ne s'était pas encore levé. Le soleil n'était qu'une mince lueur à l'horizon, mais le ciel était rempli de couleurs qui la firent s'arrêter pour les admirer. La température était fraîche et agréable, mais cela ne durerait pas. Les Longs Sables étaient un endroit impitoyable, plein de chaleur, de sable et de créatures qui voulaient la tuer.

Mina scruta le reste du ciel et vit quelques dragons planant sur les courants d'air. Ils montaient la garde contre les ennemis. Bien qu'aucun ver des sables ne se soit jamais approché du système de grottes, les dragons restaient vigilants. Elle se détourna et gravit la dune la plus proche. Lorsqu'elle atteignit le sommet, un lézard s'enfuit, effrayé par sa présence.

Elle observa la créature jusqu'à ce qu'elle ne soit plus visible, réfléchissant au fait qu'elle lui faisait peur alors que les dragons ne craignaient rien. Les deux espèces étaient les deux faces d'une même pièce, du moins selon elle. Prenant une profonde inspiration, elle ferma les yeux et se concentra sur le lien. Elle perçut le feu de Gedrith et l'attira à travers le lien jusqu'à ce que sa gorge se réchauffe. Entrouvrant les lèvres, elle tenta de faire jaillir le feu.

Rien ne se produisit.

Elle essaya une deuxième fois, puis une troisième, toujours en vain. La frustration se transforma en rage, et elle serra les poings et hurla. La chaleur dans sa gorge s'estompa, et elle ouvrit les yeux. Gedrith lui avait dit qu'il faudrait du temps pour maîtriser cette capacité, mais elle s'en moquait. Elle voulait y arriver *maintenant*, pas plus tard.

Tu ressembles à une enfant capricieuse.

La voix la fit sursauter, et elle ouvrit les yeux pour voir le dragon d'argent qui dirigeait l'Enclave. Comment était-elle arrivée sans qu'elle s'en aperçoive ? Mina mit un genou à terre et baissa la tête.

Tiarna, salua-t-elle.

Le dragon l'observa en silence pendant un moment, et Mina ne savait pas si elle devait bouger ou rester comme elle était.

Lève-toi.

Mina releva la tête et se leva lentement. *En quoi puis-je vous être utile ?*

Crois-tu être digne d'être une dragonnière ?

Non.

Pourquoi pas ?

Mina fit une pause. *Je ne suis pas une guerrière.*

Les arts de la guerre peuvent s'apprendre.

Mon passé est entaché du sang des dragons.

Nous t'avons pardonnée ces actes.

Mina garda le silence, ne sachant pas quoi dire d'autre.

Le dragon regarda au loin. *Il semble que tu aies du mal à gérer le pouvoir que tu détiens.*

Mina ressentit une vague de culpabilité l'envahir. Elle était en difficulté, au point que même l'Enclave l'avait remarqué. Comment pouvait-elle expliquer le tumulte intérieur qui l'agitait ? Elle avait vécu une vie de servitude, où sa volonté n'était pas la sienne. Le lien avec Gedrith lui avait donné un nouveau sentiment de puissance et de liberté, mais avec ceux-ci venait aussi la peur. La peur de tout perdre et de redevenir esclave.

Je peux sentir tes émotions. Elles sont comme un chaos, tourbillonnant les unes autour des autres, alimentant la peur qui te fait douter de toi-même. Tu es la première humaine à parler aux dragons depuis des siècles, la première à créer un lien avec notre espèce depuis la Séparation. Tu crois que c'est arrivé par hasard, mais je ne le pense pas. Que toi ou moi en connaissions la raison ou non, il y a une raison pour laquelle tu es tombée dans cette grotte et as atterri sur des écailles de dragon.

Mina voulait protester, mais elle n'osait pas interrompre le dragon. Elle baissa les yeux, se sentant réprimandée comme une enfant. Et d'une certaine façon, elle l'était, mais les paroles du dragon étaient un feu purificateur, consumant les nombreuses excuses de Mina et révélant la force qui se cachait sous tout cela.

Tu n'es plus une esclave, Mina. Ces jours sont derrière toi. Tu es une dragonnière. Chasse tes doutes et sois confiante.

Merci, Tiarna. Vos paroles bienveillantes m'ont aidée plus que vous ne le pensez.

Bien.

Les deux restèrent silencieuses un moment, regardant toutes deux les collines de sable ondulantes. Mina s'éclaircit la gorge et jeta un coup d'œil au dragon du coin de l'œil.

Gedrith a-t-il... demandé quelque chose à l'Enclave ?

En effet.

Mina attendit impatiemment, recroquevillant et dépliant anxieusement ses orteils. Il y avait du sable dans ses bottes, et les grains irritaient la peau entre ses orteils.

L'Enclave a-t-elle pris une décision ?

Le dragon la regarda, croisant son regard. *Nous avons décidé que nous n'autoriserons pas un autre humain à entrer dans notre domaine.*

Je comprends. Elle essaya de cacher sa déception, mais celle-ci devait être évidente sur son visage.

Ne perds pas espoir. Ce n'est pas pour les raisons que tu penses probablement. Nous ne sommes pas cruels, et nous ne cherchons pas à l'être. Le monde est à peine prêt pour le retour des dragons, et encore moins pour celui des dragonniers. *Cette entreprise prendra du temps.*

Tout prend du temps, se plaignit Mina.

C'est ainsi que va le monde, comme tu le sais. Un bébé ne vient pas au monde entièrement formé.

Comment les gens en viendront-ils à accepter les dragons si vous ne vous montrez pas à eux ?

C'est une question que l'Enclave a examinée. Je crois que la réponse se trouve en toi.

Moi ? Que voulez-vous dire ?

Il te faudra des années d'entraînement avec Areg pour être prête à affronter le monde, mais si nous voulons éviter qu'un autre Seigneur D'Lance ne surgisse, nous ne pouvons pas attendre aussi longtemps. Nous avons décidé que toi et Gedrith serez envoyés pour patrouiller dans les domaines et apporter de l'aide là où vous le pourrez. À mesure que les gens verront vos actes, vous gagnerez leur confiance. C'est la première de nombreuses étapes qui nous permettront de revenir sans rencontrer violence et confusion.

Mina répéta ces mots dans son esprit, surprise de les entendre. *Vous pensez que je suis prête pour cela ?*

Ne l'es-tu pas ?

Repoussant ses doutes et ses peurs, elle inclina la tête. *Je le suis. Merci de me faire confiance. Je ferai de mon mieux pour préparer le monde à la vérité sur les dragons.*

Je suis sûre que tu le feras. Il y a une autre question dont tu dois être informée, car c'est quelque chose auquel tu devras faire face.

De quoi s'agit-il ?

Celui qui est lié à Lireth s'est échappé de sa prison.

Caden. Le cœur de Mina fit un bond dans sa poitrine. *Comment ?* demanda-t-elle.

Ce sont les draman. Ils se sont regroupés depuis la bataille de Velbridge, et maintenant ils ont récupéré leur chef.

Ils vont venir pour elle, dit Mina, plus comme une affirmation qu'une question. Elle jeta un coup d'œil par-dessus son épaule vers l'entrée de la grotte.

Tant que leur lien existera, rien ne l'empêchera de la chercher.

Mina savait ce qui devait être fait. Elle l'avait toujours su, qu'elle veuille se l'admettre ou non.

Je m'en occuperai.

Sois prudente. La corruption de Lireth ne connaît pas de limites, et il fera tout ce qu'il faut pour éliminer les obstacles sur son chemin. La personne que tu as connue autrefois n'existe plus.

Oui, Tiarna. Quand voulez-vous que nous partions ?

Je vous donne trois jours pour vous préparer. Prenez tout ce dont vous avez besoin.

Merci. Mina s'agenouilla et inclina la tête. *Tiarna.*

Tu as gagné le droit de m'appeler par mon nom. C'est Silvara.

Sur ces mots, Silvara déploya ses ailes et s'élança dans les airs, retournant à la grotte. Mina resta où elle était, ses pensées tourbillonnant. Elle aurait dû se sentir plus honorée d'avoir reçu le droit d'appeler Silvara par son nom, mais elle était trop troublée par les autres nouvelles.

Caden s'était échappé.

8

Eira ouvrait la marche à travers les plaines, et alors qu'ils atteignaient les contreforts des montagnes, l'herbe céda la place à un terrain plus rocheux. L'air était poussiéreux, et Caden luttait contre l'envie de boire fréquemment à sa gourde, sachant qu'il devait économiser sa maigre réserve d'eau.

— Tu vois la grotte là-bas ?

Caden plissa les yeux en regardant la montagne, essayant de distinguer les détails.

— C'est là que sont les dragons, dit Eira d'un air sombre. Il va falloir grimper jusque-là pour les atteindre.

— Nous ?

— Tu ne comptais pas y aller seul, si ? En plus de l'escalade, tu devras aussi faire face aux soldats renégats. Et, bien sûr, aux dragons eux-mêmes.

— Je m'en sortirai, dit Caden, bien qu'il se demandait si les dragons étaient aussi loyaux envers Lireth que lui. Sinon, il ne ferait probablement pas long feu avant qu'ils ne le carbonisent. En y réfléchissant davantage, il décida de laisser la femme l'accompagner. Au pire, il pourrait l'utiliser comme diversion pour s'échapper. Mais tu peux venir si tu veux.

— Je n'ai rien d'autre à faire ici, alors pourquoi pas ? Elle lui sourit.

— Tu n'as pas peur des dragons ?

Eira haussa les épaules. — J'ai peur de beaucoup de choses, mais la peur n'est rien de plus qu'une émotion qui doit être maîtrisée. Tu as besoin de te reposer avant qu'on commence ?

Caden était fatigué, mais il ne voulait pas perdre de temps. Il secoua la tête et se prépara mentalement à l'escalade, se rappelant que Lireth était probablement dans des conditions plus difficiles. Ils commencèrent leur ascension. Les rochers étaient escarpés et impitoyables, et un seul faux pas pouvait signifier une chute mortelle. Caden progressait maladroitement, mais les pas d'Eira étaient sûrs et réguliers. Il s'efforçait de suivre son rythme rapide, refusant de se laisser distancer.

— Tu es vraiment douée pour ça, haleta-t-il, déconcerté par la façon dont elle semblait glisser sur la montagne.

— J'en ai l'habitude, répondit-elle, sans même être essoufflée.

Enfin, ils atteignirent un plateau juste en dessous de l'entrée de la grotte. Eira posa un doigt couvert de poussière sur ses lèvres et fit un geste de l'autre main. Des voix flottaient dans l'air, et Caden pressa son dos contre la montagne, heureux de faire une pause. Ses muscles lui faisaient mal et il avait soif. Il but avec parcimonie à sa gourde, juste assez pour se débarrasser de la poussière dans sa gorge. Il offrit la gourde à Eira, mais elle secoua la tête.

Rem grimpa sur le rebord, et Eira s'agenouilla pour lui gratter la tête. Elle se pencha et chuchota quelque chose au renard que Caden n'entendit pas, et l'animal grimpa jusqu'à la corniche où se trouvait la grotte. Ils attendirent en silence, et Caden contempla les vastes plaines qui s'étendaient au loin. Il pouvait voir le point d'eau qu'il avait croisé la veille et aurait aimé qu'il soit plus proche. Il ne désirait rien de plus que de se plonger sous sa surface fraîche.

Le renard revint, sautant sur le plateau. Il aboya et jappa avec excitation. Eira le fit taire et lui gratta à nouveau la tête, puis regarda Caden et chuchota : — Rem dit qu'il y a six hommes là-haut, tous armés. Les dragons dorment.

Caden fixa Eira un moment, essayant de comprendre ce qu'elle venait de dire. — Cette chose peut parler ?

— Tous les animaux peuvent parler. C'est une question d'écoute.

Une fois de plus, il soupçonna que la magie était impliquée avec ces deux-là, mais cela pourrait être utile si les choses tournaient mal avec les soldats. Il haussa les épaules en guise de réponse et commença à grimper vers la corniche suivante. Eira attrapa sa jambe et le tira en arrière.

— On ne peut pas simplement se précipiter là-dedans, dit-elle. Il pourrait y avoir des pièges.

— Que proposes-tu ?

Eira sourit. — Une embuscade. On va attendre qu'ils sortent de la grotte et les prendre par surprise.

Caden décida que c'était une meilleure idée que d'essayer de les combattre dans l'obscurité de la caverne. Et si les dragons entendaient le bruit du combat, il n'aurait peut-être pas l'occasion d'expliquer pourquoi il était là avant qu'ils ne se joignent à la mêlée.

— Il faudra leur donner une raison de sortir, dit-il.

— Rem peut s'en charger, n'est-ce pas, Rem ?

Le renard piailla et se frotta contre Eira, comme un chien.

— J'en déduis qu'il a dit oui ?

— Et il y a un instant, tu ne pensais pas que les animaux pouvaient parler. Tu apprends vite.

Caden renifla et secoua la tête. — Je préférerais être là-haut quand ils sortiront. On pourrait peut-être se cacher parmi les rochers.

— Bonne idée.

Ils grimpèrent sur la corniche, et Caden se cacha derrière un amas de rochers sur la gauche. Eira sprinta à travers la plate-forme rocheuse et grimpa sur la face de la montagne à droite de la grotte, prenant position au-dessus de l'entrée. Elle dégaina son arc et encocha une flèche. Caden dégaina son épée et inclina son cou de chaque côté jusqu'à ce qu'il craque, puis détendit ses épaules. Il fit un signe de tête à Eira, et Rem s'élança dans la grotte.

Caden retint son souffle et attendit. Un vacarme résonna hors de la grotte, et Rem surgit à toute vitesse, bondissant par-dessus la corniche et disparaissant. Caden ajusta sa prise sur la poignée de son épée alors qu'un homme grand et massif sortait, portant une grande hache. Avant que Caden ne puisse l'affronter, Eira décocha sa flèche, frappant l'homme dans le dos. Sa poitrine se projeta en avant sous l'impact, et il trébucha quelques pas avant de chuter. Il tomba par-dessus la corniche, s'écrasant sur le plateau en contrebas. Tout devint silencieux, et pendant un moment, Caden pensa que les autres soldats ne viendraient pas.

— Jon ! Où t'es passé ?

Un deuxième soldat, plus petit que le premier, sortit de la grotte en regardant à gauche et à droite. Caden regarda Eira, qui lui fit un signe de tête, lui indiquant que celui-ci était pour lui. Il sortit de derrière les rochers et se précipita sur l'homme, son épée étincelant dans la lumière du soleil.

L'homme eut à peine le temps de dégainer son épée, mais il la leva juste à temps pour bloquer le coup de Caden. Le fracas de l'acier résonna sur le flanc de la montagne, et les cris alarmés des autres soldats se joignirent à la cacophonie.

Caden feinta à gauche et frappa à droite, mais le soldat para le coup. Il enchaîna avec un coup de pied au genou, et le soldat trébucha. Saisissant l'opportunité, Caden visa la fine ligne entre l'armure de l'homme et plongea son épée dans la poitrine du soldat. Les soldats restants émergèrent de la grotte, temporairement stupéfaits par la scène.

Une flèche frappa l'un d'eux à la tête, éclaboussant les autres de sang. Avant que Caden ne puisse engager un autre adversaire, Eira élimina le reste d'entre eux avec une précision mortelle, ses flèches *sifflant* en fendant l'air. L'excitation du combat terminée, Caden essuya son épée sur l'un des corps et la rengaina, puis examina les visages des hommes. Ils portaient l'emblème du Seigneur D'Lance, mais ce n'étaient pas des Runesmens.

— C'était assez facile, dit Eira en le rejoignant. Regarde leurs yeux, cependant. Ils ont l'air...

— Malades ? proposa Caden. Je l'ai pensé aussi. Au début, je croyais que c'était le regard de la folie, mais c'est autre chose.

Caden regarda l'entrée de la grotte avec une inquiétude renouvelée.

9

Comme elle partait bientôt, Areg donna à Mina sa journée d'entraînement. Il l'aida à préparer des provisions pour le voyage et lui offrit ensuite une épaisse cape de voyage. Elle essaya de refuser, mais l'elfe ne céda pas sur ce point.

N'ayant rien d'autre pour occuper son temps, elle erra jusqu'à la chambre qui abritait Lireth. Le dragon ne faisait pas les cent pas cette fois. Au lieu de cela, elle était lovée sur le sol. Mina regarda à travers la paroi de verre et leurs regards se croisèrent.

L'odeur de rose et d'orchidée emplit l'air, et Mina sut sans l'ombre d'un doute que Lireth était parfaitement consciente de ce qui se passait au-delà de sa prison.

— Tu sais qu'ils viennent te chercher, n'est-ce pas ? murmura-t-elle pour elle-même.

Cet endroit brûlera, dit Lireth, envahissant l'esprit de Mina. Elle haleta de surprise et repoussa le dragon, érigeant un mur mental. Lireth gronda de bon cœur, puis lança un regard noir lorsque Gedrith se précipita dans le hall aux côtés de Mina.

Tes draman ne traverseront jamais le désert, répondit Gedrith, permettant à Mina d'entendre sa réponse. Et s'ils y parviennent, nous les écraserons comme des fourmis.

Nous verrons bien, gronda Lireth.

En effet, nous verrons.

Les deux dragons se dévisagèrent un moment avant que Lireth ne tourne le dos à la paroi de la grotte.

Viens avec moi, dit Gedrith à Mina.

Il la conduisit à travers les tunnels jusqu'à une zone que Mina n'avait jamais vue auparavant. Contrairement au reste de l'endroit, cette chambre n'était pas brillamment illuminée. Gedrith s'arrêta sur le seuil pour tourner la tête dans sa direction.

Je vois suffisamment bien, dit-elle.

Il entra dans la caverne et Mina le suivit, ses yeux s'adaptant lentement à l'obscurité. Une fois qu'ils le firent, elle se raidit d'étonnement. Une véritable colline de pièces s'élevait du sol. Or, argent, bronze... Mina estima que la valeur de tout cela était suffisante pour rivaliser même avec la richesse du Haut Prince.

Prends ce dont tu as besoin pour notre voyage.

D'où vient tout cela ?

De tous les domaines.

Mina avait déjà vu le butin des chasses de Lord Klodian, mais ceci était difficile à imaginer.

Il y a quelque chose que j'ai toujours été curieuse de savoir. Pourquoi les dragons amassent-ils de l'argent ?

Cela n'a aucune valeur pour nous, dit Gedrith. Pas de la même manière que pour les humains. Nous l'avons pour des raisons plus pratiques.

Que veux-tu dire ?

Quand nous sommes encore dans nos œufs, nos écailles n'ont pas de couleur. Nous sommes translucides par nature. Ces pièces sont extraites de minéraux de la terre, et ces minéraux nous donnent notre couleur. Plus le trésor est grand, plus un dragon est puissant à l'éclosion.

Mina fronça les sourcils. Je ne comprends pas. Il y a toutes sortes de pièces différentes ici. Comment les écailles d'un dragon ne seraient-elles que d'une seule couleur ?

Gedrith rit doucement. Nous sommes naturellement attirés par un minéral spécifique. Bien qu'il puisse y avoir différents métaux présents, seul celui auquel nous sommes accordés affecte notre couleur. C'est un mystère que nous n'avons pas encore élucidé nous-mêmes.

Qu'en est-il des autres dragons ? Les chromatiques comme Lireth ?

Ils sont attirés par les pierres précieuses plutôt que les métaux. Lireth était probablement sensible à l'onyx ou à l'obsidienne.

Seules les femelles amassent-elles des trésors ?

Non. Les mâles le feront aussi lorsqu'ils seront prêts à s'accoupler.

Quel métal t'a donné ta couleur ?

Le cuivre, répondit Gedrith. C'était le même nom qu'il lui avait donné lors de leur première rencontre. Elle trouva cela amusant.

Mina s'approcha du tas de pièces et en prit une poignée. Elle les examina de près. Diverses inscriptions étaient gravées sur toutes. Elle en reconnut quelques-unes du Domaine Thophate, et une du Dracan, mais les autres lui étaient étrangères. Les pièces tintèrent lorsqu'elle les mit dans sa bourse.

Est-ce suffisant ?

Plus que suffisant, répondit-elle, jetant un regard autour de la caverne. Y a-t-il des œufs ici ?

Il y en a.

Gedrith s'approcha et utilisa une griffe pour écarter doucement quelques pièces, découvrant un énorme œuf. Il était très différent de celui qu'elle avait pris à Lord Klodian.

Puis-je le toucher ?

Gedrith resta silencieux un moment, et elle pensa qu'il allait refuser. Finalement, il baissa la tête et le poussa hors des pièces. Mina tendit la main et la posa sur l'œuf. Un pouls régulier battait contre la coquille, et ses yeux s'écarquillèrent. Elle était à la fois émerveillée et emplie d'humilité, et des larmes lui piquèrent les yeux.

C'est incroyable, dit-elle. Elle passa sa main sur la coquille, sentant les nombreuses rainures et leur texture dure. Combien de temps faut-il avant qu'un dragon n'éclose ?

Cela dépend du dragon. Chaque nouveau-né est différent.

Mina ne put s'empêcher de ressentir un sentiment d'émerveillement en contemplant l'œuf. Elle se demanda quel type de dragon en sortirait et quel serait son destin. Serait-il comme Lireth, maléfique et emprisonné pour l'éternité ? Ou serait-il noble comme Gedrith, libre de parcourir les cieux ?

Nous devrions partir maintenant, dit Gedrith. Les œufs doivent rester tranquilles.

Mina acquiesça et retira à contrecœur sa main de l'œuf. Elle regarda Gedrith le replacer soigneusement, puis ramasser une griffe pleine de pièces pour le recouvrir.

Les dragons naissent-ils en connaissant déjà leur but dans la vie, ou doivent-ils le découvrir comme les humains ? Et leur but est-il une question de choix, ou sont-ils liés par le destin ?

Gedrith rit doucement, le son résonnant sur les parois de la grotte. Nous naissons avec une connaissance innée de certaines choses, mais nos destins nous appartiennent.

Qu'en est-il d'être lié à moi ? Ce n'était pas un choix de ton côté. C'était plus une coïncidence qu'autre chose. Il est possible que ce soit l'œuvre du destin, n'est-ce pas ?

Gedrith resta silencieux un moment. Peut-être. Tu m'as donné matière à réflexion. Viens.

Elle le suivit hors de la grotte et se sépara de lui, retournant à sa chambre. Tout ce qu'elle prévoyait d'emporter était emballé à l'exception de la cape qu'Areg lui avait donnée, et elle la roula et la plaça à côté de son sac. Un léger bruissement attira son attention, et elle se retourna pour voir l'elfe debout près de l'entrée.

— C'est bien. Te connaître.

— L'honneur est pour moi, répondit Mina. Tu m'as tellement appris. Je te suis redevable.

— Pas dette. Fais bien. Ça rembourser.

— Je ferai de mon mieux.

Mina s'approcha de lui et s'agenouilla, se mettant au niveau des yeux de l'elfe. — Tu es un grand guerrier, dit-elle. J'espère ne pas t'offenser, mais puis-je te faire un câlin ?

Un sourire s'étala sur les lèvres d'Areg et il l'entoura de ses bras, la serrant fort contre lui. Il était plus fort qu'il n'en avait l'air, et elle lui rendit son étreinte.

— Merci pour tout.

— Pas partir. Manger d'abord.

— Manger ?

— Festin. Enclave donner honneur.

— À qui ?

— Toi.

10

— Les dragons peuvent-ils contrôler les gens ? Ça ne semble pas possible. Ce ne sont que des animaux sauvages.

Caden envisagea de lui épargner la dure réalité, mais il décida que cela ne lui rendrait pas service d'y croire. Ils finiraient par se séparer, et après que Lireth aurait détruit l'Enclave, toute l'humanité pourrait être sa prochaine cible. Il valait mieux lui donner une chance de survie. Du moins, c'est ce que sa conscience lui disait.

— Les dragons sont bien plus que des animaux sauvages. Contrairement à ton ami le renard ici présent, ils peuvent faire bien plus que parler.

Le visage d'Eira se plissa de confusion. — Que veux-tu dire ?

— C'est trop long à expliquer, mais ce sont des créatures sensibles, plus puissantes que nous ne le savons.

— Donc ils *peuvent* contrôler les gens ?

Caden pensa à son lien avec Lireth. Avait-elle pris le contrôle de sa volonté et l'avait-elle manipulé ? Il ne le pensait pas, mais...

— C'est peut-être possible, dit-il. Je n'en suis pas certain.

— Alors nous devons les tuer.

— Non.

— Pourquoi pas ?

— Il faudrait un Seigneur de Domination avec le pouvoir de nombreux Runistes pour tuer un seul dragon. Je suis certain qu'il y en a plus d'un là-dedans, et même si nous pouvions les tuer, je ne le veux pas. J'ai besoin de leur aide.

Eira le regarda avec curiosité, attendant une explication.

— C'est une histoire compliquée, et je n'ai pas envie de la raconter. Nous pouvons nous séparer maintenant si tu veux. Je comprends si tu ne veux pas t'impliquer. Caden regarda les soldats morts. — J'apprécie ton aide avec cette bande dans tous les cas.

— J'ai beaucoup de questions, mais je sais quand il vaut mieux ne pas insister. Elle fit une pause. — Je mènerai cette tâche à bien avec toi, ne serait-ce que pour satisfaire ma curiosité.

Caden rit doucement. — Très bien. Si les choses ne se passent pas comme prévu, fuis. Je n'ai pas besoin d'un héros essayant de me sauver la peau.

Eira inclina la tête, mais ne dit rien. Caden n'insista pas. Si elle voulait affronter une mort certaine, c'était son choix. Rengainant son épée, Caden essuya la sueur qui s'était accumulée sur son front avec le dos de sa main et entra dans la grotte.

L'air était frais et humide, un répit bienvenu face à la chaleur croissante à l'extérieur. Il avançait doucement, faisant attention à ne pas heurter de pierres détachées. Eira était aussi discrète que Rem, et il dut jeter un coup d'œil par-dessus son épaule pour s'assurer qu'elle le suivait.

L'obscurité devint totale, et Caden dut longer le mur pour savoir où il allait. Eira lui tapota l'épaule, arrêtant ses pas.

— Rem peut nous guider, chuchota-t-elle.

— S'il te plaît, répondit-il, reconnaissant de l'aide. Marcher à l'aveuglette risquait de les faire tuer, surtout s'ils tombaient sur les dragons sans s'en rendre compte. Il sentit le renard frôler sa jambe en prenant la tête, mais il réalisa qu'ils avaient toujours le même problème. Rem pouvait voir dans le noir, mais pas eux.

Comme pour répondre à sa préoccupation non formulée, une faible lumière verte illumina le tunnel. Rem se retourna, et Caden vit la lumière briller dans les yeux du renard. Son cœur battit la chamade face à ce spectacle inquiétant, mais Rem tourna son regard vers l'avant et trottina silencieusement.

Il n'y avait plus aucun doute maintenant que le renard était une créature magique. Il était heureux de les avoir comme alliés. Le tunnel s'étirait sur quelques centaines de mètres avant de descendre en pente et de s'ouvrir sur une immense chambre. Les yeux de Rem cessèrent brusquement de briller, et avant que Caden ne puisse demander pourquoi, il entendit un sifflement qui résonna sur les parois de la caverne.

D'instinct, sa main se porta à la garde de son épée, mais il savait que c'était stupide. La lame était inutile contre de telles créatures. Il fit un seul pas, et le bruit s'arrêta. Il serra la mâchoire, se préparant au pire.

Je peux vous sentir, une voix pénétra son esprit. Elle submergea ses sens, loin d'être aussi contrôlée que la voix de Lireth.

Alors tu dois reconnaître mon odeur.

Il n'y eut que le silence, alors il continua.

Je suis ici au nom de Lireth. L'Enclave l'a faite prisonnière, et je cherche votre aide pour la libérer.

Il entendit plusieurs formes bouger dans l'obscurité, et il lutta contre l'envie de se retourner et de fuir.

Si Lireth était assez faible pour se faire capturer, alors elle mérite son sort avec l'Enclave. Va-t'en, humain, avant que je ne fasse de toi rien de plus qu'un tas de cendres.

Caden craignait qu'ils ne refusent. Il devait leur inspirer le même niveau de peur que Lireth, mais comment pouvait-il faire cela alors qu'il ne représentait pas une menace pour eux ? Quelque chose chatouilla le bord de ses sens. C'était faible, alors il savait que ce n'était pas le dragon. Fermant les yeux, il tendit son esprit. Comme un éclair, il sentit la présence de Lireth envahir son être.

— Imbéciles ! siffla-t-elle à travers sa bouche. Vous viendrez aux Longs Sables avec mon armée, ou vous connaîtrez ma colère !

Aussi vite qu'elle était venue, elle était partie. Caden tomba à genoux, submergé par la faiblesse. Les runes sur son cou le brûlaient, et il tendit la main derrière lui, les frottant faiblement de sa main droite. Il essaya de se connecter à elle à travers le lien, mais comme avant, il n'y avait rien qu'un abîme vide à l'autre bout. Bien qu'il ne puisse pas la sentir, elle savait ce qui se passait autour de lui.

Eira glissa sa main sous son aisselle et l'aida à se remettre debout. La faiblesse s'estompa, et le tremblement quitta ses genoux. Prenant une profonde inspiration, il parla à voix haute.

— Vous avez entendu l'ordre de notre maître. Décidez par vous-mêmes ce que vous ferez. Vous pouvez nous trouver au même endroit où nous étions avant la bataille de Velbridge, mais il ne serait pas sage d'être vu. Le Haut Prince a ses hommes qui patrouillent dans la région, et nous n'avons pas besoin de plus de problèmes que nous n'en avons déjà. Retrouvez-nous à la lisière du Dominion Dracan et soyez prêts à combattre. L'Enclave ne rendra pas Lireth de bon gré.

Caden attendit un moment pour voir si les dragons répondraient, mais ils ne dirent rien.

— Fais-nous sortir d'ici, dit-il à Rem, espérant que le renard ferait ce qu'il demandait. La lueur verte des yeux de la créature inonda la caverne, et Caden vit trois dragons noirs le fixer. Rem se précipita dans le tunnel, et l'obscurité revint. Satisfait d'avoir fait tout ce qu'il pouvait, Caden se retourna et suivit Rem et Eira pour retourner sur le rebord.

Ils sortirent de la grotte, et Caden cligna des yeux face à la lumière du soleil. Eira se tenait à ses côtés, mais il lui était impossible de déchiffrer son expression. Rem l'observait avec curiosité, la tête penchée sur le côté.

— Je suppose que c'est ici que nos chemins se séparent, dit-il en regardant le paysage. C'était une longue marche jusqu'au camp, et malgré son épuisement, il était impatient de repartir.

— Je ne sais pas exactement ce qui s'est passé là-dedans, mais je suis trop impliquée pour partir maintenant. Je viens avec toi. Si tu veux bien de moi, bien sûr.

Rem jappa, et Eira sourit.

— Si tu veux bien de *nous*.

— Ce sera dangereux, prévint-il.

— Je n'ai jamais reculé devant un défi.

— Tu verras des choses inexplicables... des choses étranges.

— Parfait. Nous devrions y aller si nous voulons bien avancer avant d'installer le camp.

Caden regarda Eira descendre la corniche. Elle restait un mystère pour l'instant, mais tout serait révélé en temps voulu. Il commença à descendre la montagne, la détermination guidant ses pas.

Lireth était toujours avec lui, même s'il ne pouvait pas sentir sa présence.

11

Le lendemain, Mina fut lente à se lever. Elle avait trop mangé et était fatiguée d'être restée debout si tard. Bien que les dragons ne consomment pas d'alcool, ils savaient certainement organiser une grande fête. Elle gémit en enfilant ses bottes. Frottant le sommeil de ses yeux, elle remarqua qu'Areg l'attendait près de l'entrée de sa chambre.

— Tu as bien dormi, dit-il, un sourire au coin des lèvres.

— Comment peux-tu être si joyeux le matin ?

L'elfe haussa les épaules. — C'est naturel.

Mina aurait aimé avoir autant d'énergie que lui. Elle étouffa un bâillement et attacha son épée, puis saisit son sac près de son lit. Jetant un coup d'œil autour de la pièce, elle décida qu'elle était prête. Bien qu'elle soit excitée de retourner parmi les humains, elle était nerveuse. Et si le monde n'acceptait plus les dragons comme autrefois ?

Tu es réveillée, la voix de Gedrith interrompit ses pensées. *Bien. Monte ici. Nous devons y aller.*

Mina sentit quelque chose d'urgent derrière ses mots. *Le ver des sables ?*

Je t'expliquerai en chemin.

— Que se passe-t-il là-bas ? demanda-t-elle à Areg.

— Les draman marchent.

Mina dépassa l'elfe en hâte et se précipita à travers les tunnels. Gedrith l'attendait au sommet de l'entrée en pente. Le soleil était déjà haut dans le ciel, et elle cligna des yeux face à la lumière. Elle attacha son sac en bandoulière et grimpa sur son dos. Avant qu'elle ne puisse dire quoi que ce soit, Gedrith s'élança dans les airs. Il battit de ses puissantes ailes, s'élevant de plus en plus haut, puis se dirigea vers l'ouest.

Areg a dit que les draman sont en marche. Viennent-ils par ici ? demanda Mina.

Nous n'en sommes pas sûrs, mais il serait imprudent de ne pas le supposer.

À quelle distance sont-ils ?

À quelques jours. Leur progression est lente, mais ils se déplacent vers l'est. Nous devons les arrêter avant qu'ils n'entrent dans le désert.

D'autres dragons viennent-ils nous aider ?
Non.

Comment les arrêterons-nous seuls ?

Nous devons éliminer celui qui les guide. Une fois parti, les draman devraient perdre le désir de libérer Lireth.

Caden. L'image de lui enchaîné au mur dans le donjon de Lord Culver était gravée dans son esprit. Elle ne s'attendait pas à ce qu'il s'échappe, mais elle n'avait pas non plus compté sur le fait que les draman se regroupent. L'emprisonner à nouveau n'était pas la solution. Elle le savait, bien qu'elle ne voulait pas l'admettre. Il devrait mourir. C'était le seul moyen de rompre son lien avec Lireth. Elle endurcit son cœur, sachant que si Gedrith ne le tuait pas par le feu, elle devrait le faire avec sa lame. L'estomac de Mina se noua de malaise. Elle ne voulait pas le tuer, mais elle savait que c'était nécessaire.

Pendant qu'ils volaient, elle regardait le paysage en contrebas. Ils survolèrent des rivières bleues et des forêts vertes, mais son esprit était ailleurs. Elle pensait à Caden, à l'amitié qu'il lui avait offerte lors de leur première rencontre. Il s'était volontairement mis en danger pour la défendre contre Thais.

Mina sourit à ce souvenir, oubliant temporairement ce qui allait arriver.

Au fil du voyage, la fatigue de Mina s'accentua. Elle s'allongea contre le cou de Gedrith et ferma les yeux, pensant seulement les reposer un moment. L'obscurité l'envahit, mais elle se réveilla en sursaut lorsqu'elle eut la sensation de tomber. Elle fut soulagée de constater qu'elle était toujours en sécurité sur le dos de Gedrith, bien que le paysage en dessous ait changé.

Où sommes-nous ? demanda-t-elle.

Nous approchons du Dominion Dracan.

Déjà ?

Tu as dormi pendant un bon moment.

Mina se redressa et étira son cou, sentant une raideur. Le vent fouettait ses cheveux, et elle repoussa les mèches sur le côté pour regarder le sol. Ils survolaient des terres agricoles, et les parcelles de différentes couleurs se détachaient du paysage environnant. Cependant, elle ne voyait aucun signe des draman.

Sais-tu où ils se trouvent ?

Ils devraient être dans les bois à l'extérieur de Velbridge.

Gedrith accéléra, et le vent fouetta Mina. Elle s'accrocha fermement aux écailles du cou de Gedrith et garda la tête baissée pour protéger ses yeux. Elle resta dans cette position jusqu'à ce qu'il ralentisse, puis leva la tête pour voir où ils se trouvaient.

La ville en ruines de Velbridge s'étendait sous eux. C'était un spectacle à la fois impressionnant et déchirant. La ville autrefois glorieuse n'était plus que l'ombre d'elle-même. Les bâtiments n'étaient que des coquilles vides, effondrés et calcinés, tandis que les rues étaient jonchées de débris et de cendres. Il n'y avait aucun signe de mouvement, et Mina savait que les vivants avaient abandonné l'endroit.

Les incendies ont dû ravager toute la ville, dit-elle. *Où sont passés tous les habitants ? C'était le foyer de milliers de personnes.*

Ils se sont dispersés aux quatre vents, j'en suis sûr. Il n'y a aucun intérêt à rester dans un endroit comme celui-ci.

Gedrith atterrit près du centre de la ville, et Mina descendit de son épaule pour se tenir au milieu des décombres. Rien n'était reconnaissable. Elle ne pouvait même pas repérer l'endroit où elle avait tué Lord D'Lance.

Je les sens, gronda Gedrith.

Mina scruta les décombres, mais il n'y avait ni mouvement ni signe de vie.

Cherchons-les, dit Mina.

Tous deux traversèrent des monticules de débris, se dirigeant vers l'est en direction de la forêt. La cendre recouvrait tout, et le temps qu'ils atteignent le mur calciné, les bottes de Mina étaient tachées de suie noire. Elle franchit une entrée en ruine, le portail ayant complètement disparu. Même les gonds avaient disparu. Gedrith bondit par-dessus le mur, sa queue heurtant les pierres supérieures. Quelques-unes tombèrent, s'écrasant au sol.

Ils traversèrent un court champ stérile et entrèrent dans la forêt. La lisière des arbres était morte, leurs feuilles disparues et leurs troncs noircis. Mina n'en revenait pas de l'étendue de la dévastation, mais à mesure qu'ils s'enfonçaient dans la forêt, des signes de vie réapparaissaient.

L'odeur du bois brûlé parvint aux narines de Mina, et elle dégaina son épée. Elle se tourna vers Gedrith et lui fit signe de rester où il était. Les arbres devant étaient plus denses, et il aurait du mal à passer sans faire trop de bruit.

Je vais aller en éclaireur, lui dit-elle.

Gedrith resta silencieux, et elle avança aussi discrètement que possible. Des voix flottaient dans l'air, et elle regarda à travers les buissons pour apercevoir une clairière. Un groupe de draman était rassemblé autour d'un feu de camp. À une courte distance d'eux se trouvait un autre groupe, puis un autre. Les yeux de Mina passaient de l'un à l'autre, réalisant rapidement qu'il y avait des dizaines, voire des centaines de ces créatures.

Il y a beaucoup de draman ici.

Ne te préoccupe pas d'eux. Cherche l'humain qui les guide.

Mina scruta le campement, mais elle ne vit Caden nulle part. Elle s'approcha furtivement, plissant les yeux pour observer les groupes plus éloignés. Le seul avantage du grand nombre de dramans était qu'il serait impossible de confondre Caden avec l'un d'eux. Les dramans près du feu de camp discutaient, mais elle ne pouvait distinguer leurs paroles. Elle s'avança à pas de loup vers la clairière, le cœur battant la chamade.

Le craquement d'une brindille sous sa botte la fit s'immobiliser. Elle déglutit et attendit. Les dramans ne semblaient pas avoir remarqué le bruit. Elle soupira de soulagement et fit un pas avant qu'une masse lourde ne la percute par derrière, la projetant au sol. Le visage enfoui dans les feuilles et la terre, Mina se releva promptement, cherchant son épée du regard.

Un draman la dominait de toute sa hauteur, ses écailles luisantes comme si elles avaient été polies. La créature lui montra ses crocs, et elle saisit sa lame avant de reculer d'un pas. Elle leva son épée et adopta une posture défensive, consciente du danger. Les hordes de dramans derrière elle approchaient rapidement, mais elle n'osait pas jeter un coup d'œil par-dessus son épaule.

Le sol trembla, envoyant des vibrations dans ses mollets. Le draman qui l'avait renversée regarda autour de lui, son visage reptilien se plissant dans ce qu'elle supposait être de la confusion. Gedrith surgit à travers les arbres, écrasant le draman de sa patte massive sans le moindre effort.

Désolée, dit-elle en se retournant pour faire face à la horde qui approchait. *Je ne l'avais pas vu celui-là.*

Gedrith poussa un rugissement assourdissant et chargea. Serrant la poignée de sa lame, Mina s'élança à sa suite.

12

Le retour au camp prit moins de temps que l'incursion de Caden dans la nature, principalement parce qu'Eira ouvrait la marche. Elle connaissait mieux le paysage que lui, et Caden réalisa qu'il avait initialement emprunté un chemin bien plus long. Ils étaient arrivés tard dans la nuit, et à sa surprise, elle ne sembla pas déconcertée par la présence des dramans. Bast lui donna une tente, qu'elle partagea avec Rem, et Caden s'effondra de fatigue dans son propre pavillon.

Il dormit sans rêver, et quand il ouvrit les yeux, il réalisa que quelque chose l'avait réveillé. Le fracas de l'acier, des cris de douleur et le rugissement d'un dragon. Caden bondit de son sac de couchage et enfila rapidement ses bottes et son armure, puis se précipita hors de sa tente, regardant vers le ciel.

Il était difficile de voir quoi que ce soit au-delà de la canopée de la forêt, mais il ne semblait pas y avoir de dragons au-dessus. Plusieurs dramans passèrent en courant devant lui, se dirigeant vers les ruines de Velbridge.

— Que se passe-t-il ? cria-t-il.

— Nous sommes attaqués !

Caden jura et les suivit, dégainant son épée. En s'approchant de la bataille, il aperçut un énorme dragon rouge. Pourquoi un dragon les attaquait-il ? Se rebellait-il contre l'ordre de Lireth d'aider son armée ?

Et puis il vit une humaine, une femme, croisant le fer avec un draman. Ses cheveux blonds virevoltaient tandis qu'elle tournoyait et se contorsionnait. Son cœur manqua un battement.

C'était Mina.

Une vague d'émotions contradictoires le submergea. Une partie de lui était soulagée de voir qu'elle était vivante et en bonne santé, et l'autre partie... eh bien, il voulait lui faire payer de l'avoir laissé pourrir dans un donjon. Il la regarda se battre, impressionné par son habileté à l'épée. Elle s'était manifestement entraînée.

Mina para le coup du draman, forçant sa lame vers l'extérieur, puis avança et frappa le museau du draman avec la garde de son épée. La créature recula sous le choc mais ne cria pas de douleur. Les dramans étaient faits d'une étoffe plus solide que les humains, un fait que Caden continuait d'admirer.

Il continua à l'observer un moment de plus, puis cria son nom. Tous les regards se tournèrent vers lui, y compris le sien. Elle se raidit brièvement, mais assez longtemps pour qu'il remarque sa réaction. Était-ce de la surprise... ou de la peur ?

Caden n'eut pas le temps de s'y attarder, car le dragon de Mina croisa son regard. Levant son épée, il poussa un cri de guerre et se précipita en avant. Le dragon battit des ailes, et une puissante rafale de vent envoya les dramans à proximité basculer en arrière. Trop loin pour être affecté, Caden ralentit son allure et changea de direction, se dirigeant vers Mina à la place.

Il n'était qu'à quelques pas lorsque son dragon poussa un rugissement assourdissant qui fit trembler le sol sous ses pieds. Mina ne broncha pas. Elle fit tournoyer son épée d'un mouvement fluide et vint vers lui. Caden esquiva l'attaque et riposta par un coup rapide. Le cliquetis du métal résonna contre les arbres alors que leurs lames s'entrechoquaient.

— *Que fais-tu ici ? demanda-t-il.*

— *Je devrais te poser la même question,* répliqua Mina. *Tu es censé être dans le donjon de Lord Culver.*

Il pouvait le voir dans ses yeux. La peur. Et cela ne faisait qu'alimenter sa colère. Comment osait-elle le laisser dans cette cellule ? Elle l'avait trahi, et il ne pouvait pas lui pardonner cela. Ses paroles lui revinrent en mémoire.

Nos destins sont peut-être entrelacés, mais ils ne sont pas unis.

Elle avait raison. Bien qu'il tienne à elle, il savait que ses sentiments étaient trompeurs. Leurs chemins étaient trop différents, leurs objectifs en contradiction les uns avec les autres.

— *Je suis désolé, dit-il.*

Son expression passa de la colère à la confusion, et elle recula de quelques pas. C'était tout ce dont il avait besoin. Sa garde baissée, il se jeta en avant, la pointe de son épée visant sa gorge. Mina esquiva habilement le coup, et il réalisa que sa confusion n'était qu'un acte. Elle revint à la charge, et Caden para l'attaque.

— *Pourquoi fais-tu cela ? demanda-t-elle. Pourquoi continues-tu à suivre Lireth après tout ce qu'elle a fait ?*

— Tu m'as trahi, dit Caden.

— Je t'ai trahi, toi ? C'est toi qui as emprunté un chemin sombre. Ton dragon est maléfique, Caden ! Comment ne le vois-tu pas ?

Ils tournèrent en rond, tous deux sur leurs gardes. Caden pensait avoir plus d'expérience avec une lame qu'elle, mais celui qui l'avait formée avait bien fait son travail. Ils s'égalaient, et il savait que le seul moyen de gagner serait de la désarmer. Du coin de l'œil, il pouvait voir que son dragon affrontait un essaim de dramans. Il devait en finir rapidement, avant que la bête ne massacre ses hommes et ne le tue ensuite.

Caden feignit une estocade, puis fit balancer son épée vers la droite, espérant la prendre au dépourvu. Mina tourna sur elle-même, déjouant sa ruse. Ils échangèrent des coups, aucun ne prenant l'avantage.

— Rends-toi, haleta Mina. Des gouttes de sueur roulaient sur son visage.

— Non.

— Tu ne gagneras jamais, Caden. Tu te bats du mauvais côté.

— Tu te trompes. Arrête d'essayer de me convaincre. Nous avons choisi nos chemins, et j'ai l'intention de suivre le mien jusqu'au bout.

Les muscles de Caden brûlaient sous l'effort. La fatigue le gagnait, et il n'était pas sûr de pouvoir continuer le combat encore longtemps. Ses forces surpassaient facilement en nombre Mina et son dragon, mais rien ne pouvait vaincre un dragon. Du moins, rien dont Caden disposait.

Mina se jeta sur lui, interrompant sa rêverie. Il bloqua son coup, mais il y avait une force surnaturelle derrière son attaque, et son épée brisa la sienne en morceaux. Caden fixa d'un air abasourdi la lame brisée dans ses mains. Mina n'était pas une Runiste, alors d'où lui venait cette force ? Elle pointa son épée sur sa gorge. Il leva les yeux vers elle et put voir le triomphe dans son regard.

— C'est fini, dit-elle. Tu as perdu.

Une multitude de rugissements emplit l'air, et Caden vit les yeux de Mina se tourner vers le ciel. La confiance dans son expression s'évanouit. Il frappa le plat de sa lame, l'éloignant de son cou, et tenta d'arracher l'épée de sa main. Mina résista, et pendant un moment intense, ils furent enfermés dans une lutte sans issue. Avec cette même force surnaturelle, Mina tordit la lame hors de sa prise et le frappa dans la poitrine, l'envoyant s'étaler en arrière.

Elle se retourna et s'enfuit vers son dragon, grimpant rapidement sur son flanc. Caden se remit sur pied et se tourna vers les rugissements. Plusieurs dragons noirs, ceux de la grotte de la montagne, approchaient de la forêt. Bast et un groupe de dramans l'encerclèrent, formant un anneau protecteur.

— Ils ont décidé de venir, dit Bast.

— La colère de Lireth ne connaît pas de limites, répondit Caden. Ils craignaient ce qui arriverait s'ils ne lui obéissaient pas.

Il se retourna pour regarder Mina et vit qu'elle et son dragon avaient déjà fui.

— Devrions-nous les poursuivre, mon seigneur ?

Caden fixa l'horizon pendant un instant.

— Non, répondit-il, décidant de la laisser s'en tirer pour le moment.

Sa mort serait bien plus savoureuse sous les yeux de Lireth.

13

Je le tenais ! Il faut y retourner !

Gedrith ne répondit pas. Il continua de voler vers l'est, s'éloignant de l'ennemi.

Fais demi-tour !

Ne sois pas stupide, la réprimanda Gedrith. *Nous n'aurions pas pu gagner. Pas après l'arrivée de ces dragons. Ils sont aussi vicieux et cruels que Lireth, et je ne peux faire que tant.*

Caden a perdu. Je le tenais.

Et pourtant tu ne l'as pas tué quand tu en as eu l'occasion. Tu as hésité.

La colère de Mina retomba. Elle savait qu'il avait raison. Elle s'était effectivement retenue. Une partie d'elle tenait encore à lui, malgré tout ce qui s'était passé. Mais elle ne pouvait pas laisser cela obscurcir son jugement. Il avait fait son choix, et l'avait même confirmé. C'était maintenant son devoir de l'arrêter.

Où allons-nous ? demanda-t-elle, essayant de se distraire de ses pensées.

Gedrith descendit, atterrissant dans un champ ouvert.

Nous attendons.

Attendre ?

Nous allons attendre et observer leurs mouvements. S'ils marchent vers Les Longs Sables, nous frapperons au bon moment.

Et si nous n'avons pas l'occasion de les frapper ?

Gedrith gronda et replia ses ailes contre son corps. *Alors nous les combattrons dans le désert.*

Mina mit pied à terre et s'assit sur l'herbe, adossée au flanc de Gedrith. Elle ferma les yeux et prit une profonde inspiration. La bataille l'avait éprouvée, tant physiquement qu'émotionnellement. Caden avait failli tomber sous sa lame, mais ses émotions l'avaient une fois de plus trahie. Elle ne pouvait pas laisser ses sentiments entraver son devoir. Plus jamais. Le mouvement régulier de la respiration de Gedrith apaisa son esprit, et elle repoussa ses pensées tumultueuses.

Les heures s'écoulèrent lentement, et finalement, le soleil se coucha à l'horizon. Mina avait attrapé un lapin, qui cuisait maintenant sur un petit feu que Gedrith avait allumé pour elle. Elle avait aplati l'herbe autour du feu et l'avait entouré de pierres pour l'empêcher de se propager et de brûler tout le champ. Le ciel était dégagé, et la lune brillait intensément, fournissant amplement de lumière.

C'est au moment où elle commençait à s'assoupir près du feu qu'elle l'entendit. La marche des soldats. Les yeux de Mina s'ouvrirent brusquement, et elle se leva d'un bond, sa main droite agrippant la poignée de son épée. Elle regarda Gedrith. Le dragon dormait. Mina le réveilla en lui donnant un coup de coude avec sa lame. Il ouvrit les yeux, qui reflétèrent la lumière de la lune, lui rappelant un chat errant qu'elle avait vu une fois. Ils tournèrent tous deux leur regard vers le bruit.

Au loin, des torches vacillaient, et le son rythmique des bottes frappant le sol devenait de plus en plus fort.

Ça ne peut pas être les draman, n'est-ce pas ?

Gedrith fixa silencieusement l'horizon pendant un moment, puis tourna la tête pour la regarder. *C'est eux.*

Mina savait qu'ils n'étaient pas des hommes ordinaires, mais la distance qu'ils avaient parcourue semblait un exploit impossible. Elle les avait clairement sous-estimés.

Si la force principale est si proche, les dragons ne sont pas loin, dit Gedrith. *Nous devons être prudents.*

Une idée vint alors à Mina, bien qu'elle ne connût pas les chances de réussite.

Si nous pouvons nous approcher suffisamment pour trouver Caden, je peux essayer de le toucher avec une flèche.

Je ne pense pas que cela vaille le risque.

Tu as dit toi-même que si nous coupons la tête de l'ennemi, les autres perdront leur motivation.

Je suis conscient de mes paroles, mais même les dragons peuvent se tromper. Et comment vas-tu le toucher avec une flèche ? Tu n'as pas d'arc.

Pas encore, répondit-elle. *Si la force principale est ici, je suis certaine qu'il y a des éclaireurs à proximité. Je peux en prendre un des leurs.*

Ne deviens pas présomptueuse dans tes capacités. La vanité est la perte de beaucoup.

Je ne suis pas présomptueuse. J'ai eu de bons mentors qui m'ont beaucoup appris.

La flatterie ne changera pas mon avis.

Ça valait le coup d'essayer, dit Mina en souriant au dragon.

Bien que je n'aime pas le risque, les draman seront dévastés si nous pouvons tuer la marionnette de Lireth. Va et trouve un arc. Je resterai ici jusqu'à ce que tu sois prête.

Sans hésitation, Mina s'élança. Elle aurait préféré avoir Gedrith à ses côtés, surtout qu'elle ne voyait pas aussi bien que lui dans l'obscurité, mais il valait probablement mieux qu'il reste où il était. Il serait difficile de manquer un dragon rôdant aux alentours, et s'il prenait son envol, les autres dragons le verraient.

Elle courut vers l'armée, son épée pointée derrière elle. En s'approchant, elle put entendre les voix gutturales et profondes des draman. Ils marchaient en formation lâche, semblant peu préoccupés par d'éventuels ennemis. Mina garda une distance de sécurité, se déplaçant dans les ombres autant que possible pour rester cachée. Elle chercha un éclaireur solitaire, isolé du groupe principal.

Cela prit du temps, mais elle en repéra finalement un. Il marchait en périphérie de la formation, inconscient de son approche. La silhouette d'un arc s'étirait sur ses épaules. Elle trouva étrange cette façon de porter un arc, mais elle avait sa cible. Elle avança légèrement, le cœur battant. Une fois à portée de frappe, elle retint son souffle et visa, puis poussa son épée en avant de toutes ses forces. La pointe de sa lame frappa le draman entre les écailles à l'arrière de son cou avant de trancher sa chair.

La créature trébucha et s'effondra avec un gargouillis humide. Mina retira son épée et regarda autour d'elle, s'assurant qu'il n'y avait pas d'autres éclaireurs. L'armée avait arrêté sa progression, mais rien ne semblait anormal. Elle s'agenouilla et saisit l'arc, pour réaliser qu'il s'agissait en fait d'une arbalète. Elle gémit mais prit quand même l'arme. C'était une arme avec laquelle elle ne s'était jamais entraînée auparavant, mais elle devrait faire l'affaire.

Jetant un nouveau coup d'œil en direction de l'armée, elle remarqua qu'ils installaient des tentes. Il semblait que même les draman avaient besoin d'une pause. Elle sprinta de retour vers l'endroit où se trouvait Gedrith et s'arrêta pour reprendre son souffle.

J'ai trouvé une arbalète, mais il n'y a qu'un seul carreau. Il y a aussi quelque chose sur la pointe.

Laisse-moi voir, dit Gedrith.

Mina retira le carreau et le tint en l'air. Le dragon renifla l'air près de la pointe du projectile.

C'est du poison.

Ça devrait faire l'affaire. Je dois juste m'approcher suffisamment pour le toucher sans me faire prendre.

Nous survolerons le camp.

Et les dragons ? S'ils nous voient ?

Nous serons rapides. Que ton tir soit précis ou non, nous ne ferons qu'un seul passage et ensuite nous retournerons à l'Enclave. Ils doivent savoir ce qui se prépare.

Mina remit le carreau en place et fixa l'arme en silence pendant un moment. Elle n'avait qu'une seule chance de frapper Caden. Si elle le manquait, elle savait que le tuer devrait être plus direct. Adressant une prière à Avera, elle attacha l'arbalète sur son épaule et grimpa sur le dos de Gedrith.

Je n'ai jamais utilisé l'un de ces engins. Comment ça se compare à un arc ? demanda-t-elle.

C'est plus précis, mais ça ne demande pas la force d'un arc. Je volerai aussi bas que possible, mais tu devras ajuster ta visée.

Gedrith lui envoya une image de Lucius, son précédent cavalier, à travers leur lien. Mina pensa que ça avait l'air plus facile que d'utiliser un arc. Elle saisit l'arbalète et la posa sur ses genoux, la maintenant en place avec sa main gauche tout en s'agrippant à Gedrith de sa main droite.

Je suis prête.

Gedrith déploya ses ailes et s'élança dans le ciel. L'air frais de la nuit fouettait Mina, et elle frissonna en sentant un frisson lui parcourir le dos. La lueur des feux de camp apparut, et elle serra fermement ses genoux contre les flancs de Gedrith tout en soulevant l'arbalète à deux mains. Lorsqu'ils atteignirent le camp, Gedrith plana sur les courants d'air, volant à peine plus d'une douzaine de pieds au-dessus des tentes. Mina scruta la zone, cherchant Caden.

Là, dit Gedrith, lui envoyant l'image. Il se tenait à côté d'un draman, un qu'elle avait déjà vu. Le dragon changea de direction, l'emmenant droit vers lui. Elle positionna l'arbalète et le visa.

Le temps sembla s'arrêter. Son pouls battait dans ses oreilles, étouffant le bruit du vent. Caden pointait quelque chose du doigt, ses lèvres bougeant pour donner un ordre qu'elle ne pouvait pas entendre. Une vague de chaleur la submergea alors qu'elle se souvenait de leur baiser. Ç'avait été si inattendu, mais ses lèvres avaient été douces et chaudes.

Concentre-toi.

La voix de Gedrith brisa sa rêverie. Elle ferma un œil et centra sa visée. Son doigt se crispa sur la gâchette, et son souffle se bloqua dans sa gorge. Il lui fallut toute sa volonté pour se forcer à appuyer.

Trois, deux, un...

Mina pressa la gâchette. La corde vibra, et le carreau siffla dans l'air.

14

— Laissez-les se reposer jusqu'à l'aube, puis nous continuerons vers-

Les paroles de Caden furent brusquement interrompues lorsque son monde explosa de douleur.

Bast se retourna et hurla des ordres, mais les mots n'étaient qu'un charabia incohérent. Caden baissa les yeux et vit un carreau d'arbalète dépassant de sa poitrine. Son regard suivit la longueur du projectile, puis plus loin pour voir d'où il venait. Assise sur Gedrith se trouvait Mina, une arbalète à la main.

— Mina, murmura-t-il, sa voix à peine audible par-dessus les cris des draman.

Caden chancela et tomba à genoux. Une vague de vertige le submergea, et il s'effondra sur son côté droit. Sa vision se troubla, et la douleur se répandit dans tout son corps.

— Caden.

Il était vaguement conscient que quelqu'un appelait son nom. Mina s'agenouilla à ses côtés et toucha son visage. Elle venait de lui tirer dessus. Pourquoi agissait-elle maintenant comme si elle était inquiète ?

— Caden, la voix n'était pas la sienne. Il cligna des yeux plusieurs fois et réalisa que ce n'était pas Mina à côté de lui. C'était Eira. Était-il en train de délirer ?

— Maintenez-le, dit-elle.

Le visage de Bast apparut au-dessus de lui, et le draman fit un geste de la main. Un autre draman le rejoignit, et les deux plaquèrent Caden au sol. Eira saisit le carreau et l'arracha d'un coup sec.

Caden rugit de douleur. Il avait l'impression que sa chair avait été déchirée, et de l'humidité s'infiltrait à travers sa chemise. Il essaya de lever la tête, mais une nouvelle vague de vertige le força à rester immobile. Un feu brûlait dans son sang, embrasant chaque parcelle de son être.

— Il a été empoisonné, dit Eira en regardant Bast. Ce carreau ressemble à l'un des vôtres. Est-ce le cas ?

Le draman hocha la tête.

— Oui, c'est le nôtre. Cette maudite femme a dû le voler à l'un de mes hommes.

— Quelle femme ?

— C'est une longue histoire, qui peut attendre. Nous devons l'emmener à Lireth.

— Il aura de la chance s'il survit jusqu'au matin, à en juger par son état actuel, dit Eira. Y a-t-il un médecin parmi vous ?

— Il y en a un, mais il ne peut rien faire contre ça.

— Pourquoi pas ?

— Le poison est fabriqué à partir du sang de Lireth. C'est la source et le remède.

— Vous n'en avez pas ici ?

— Non.

— Je vois. Nous devrions le rendre aussi confortable que possible. S'il tient jusqu'au matin, ce sera déjà ça.

La vision de Caden s'estompa, suivie par le silence.

Il flottait dans une mer de ténèbres, à peine conscient de son corps. Il n'y avait pas de douleur, et il pouvait respirer sans effort, mais son visage et son cou étaient engourdis. Il essaya de bouger la tête, mais son corps ne répondait pas. Où qu'il soit, il faisait froid et c'était vide. Il tenta de parler, mais sa bouche restait obstinément fermée.

Un son semblable à du cuir qui craque attira son attention. Il se rapprocha, et une sensation de chaleur et de confort l'envahit. Il se sentait complètement en paix. La chaleur s'intensifia, et Caden put sentir son corps se détendre. Il fléchit ses doigts, et ils obéirent. Capable de bouger maintenant, il tourna la tête pour observer ses environs et vit Lireth. Le bruissement qu'il entendait provenait de ses ailes. Elle le dominait de toute sa hauteur, impressionnante et puissante.

Où suis-je ? demanda-t-il. Les mots résonnèrent tout autour d'eux.

Tu es en sécurité, répondit-elle. *Que s'est-il passé ?*

J'ai été touché par une flèche.

Une simple blessure superficielle ne t'aurait pas envoyé ici.

Je pense que la pointe était empoisonnée. Mina-

Lireth gronda de colère à l'évocation de son nom. *Elle a essayé de te tuer ? Je réduirai ce monde en cendres !*

Caden recula, effrayé par sa fureur. La sensation apaisante revint, et il leva les yeux vers elle. Elle n'avait jamais été gentille, du moins pas depuis qu'elle l'avait appelé pour la première fois dans sa caverne dans les montagnes.

Tu es aux portes de la mort, dit-elle. *Viens à moi, et je te guérirai.*

Je ne sais pas où tu es.

Quand tu atteindras Les Longs Sables, tu trouveras des guides. Ce sont aussi des alliés. Ils te conduiront à l'Enclave. Je te donnerai la force de faire le voyage, mais ce ne sera pas beaucoup. La distance entre nous est encore trop grande. Quand tu seras plus proche, tu le sentiras.

Merci, maître.

Ma force ne fera que peu de choses. Ta volonté de vivre doit être grande. Survis pour te venger.

Caden hoqueta et ouvrit les yeux. Il était allongé dans une tente. Sa tête roula faiblement sur le côté, et il vit que Rem était recroquevillé à proximité. L'animal le fixait, une profonde intelligence brillant dans ses yeux. Suspendue dans le coin de la tente au-dessus du renard se trouvait une lanterne. La flamme brûlait régulièrement, fournissant une lumière abondante. Rem se leva et s'étira, puis quitta la tente.

Caden pouvait sentir les battements sourds d'un mal de tête, comme un tambour qu'on frappait. Il gémit, mais le son était faible et misérable. Pourquoi ne pouvait-il pas bouger ? Était-ce les effets du poison ?

Rem revint avec Eira et Bast. Le draman le regardait, ses traits reptiliens plissés en un sourire, bien que cela parût inquiétant.

— Vous êtes fort, mon seigneur. Je suis heureux de vous voir éveillé.

Caden se lécha les lèvres, mais sa bouche était sèche et il avait l'impression de frotter du sable.

— Avalez, dit Eira, s'agenouillant à côté de lui avec une gourde. Elle versa une petite quantité d'eau dans sa bouche. C'était frais et rafraîchissant, et cela effaça la sécheresse de sa gorge.

— Comment vous sentez-vous ? demanda-t-elle.

— Comme... la mort, parvint à murmurer Caden.

— Le poison s'est répandu dans votre corps, dit Bast. Il est puissant.

— Le d-désert. Même respirer était une corvée, et il fallut tout l'effort de Caden pour prononcer ces mots.

— Nous reprendrons notre marche à l'aube, mon seigneur. Trouver Lireth est le seul moyen de vous guérir.

— Non. Marchez... maintenant. Le temps... presse.

Eira leva les yeux vers Bast, mais le draman l'ignora.

— Mon seigneur, vous avez besoin de repos. Vous ne pouvez même pas vous asseoir, encore moins marcher.

— Lireth... me soutient. En marche... maintenant.

Le draman hésita mais inclina la tête. — Comme vous voudrez. Il quitta la tente et commença à crier des ordres.

Eira versa plus d'eau dans la bouche de Caden. Il l'avala et la regarda fixement, se demandant pourquoi elle n'était pas retournée à l'endroit qu'elle appelait son foyer. Elle ne lui devait pas sa loyauté. Si quelque chose, c'était lui qui lui était redevable pour l'avoir aidé à trouver les dragons.

— Rem dit que quelque chose d'étrange t'arrivait pendant que tu étais inconscient.

Caden hocha légèrement la tête, trop épuisé pour parler davantage.

— Repose-toi. Tu en auras besoin. Ce sera un miracle si tu es encore en vie demain matin. Rem m'alertera si tu as besoin de quoi que ce soit.

Eira se leva et l'observa un moment, puis sortit à reculons de la tente, le laissant avec ses pensées et sa douleur. Et Rem. L'étrange renard le regardait d'un air entendu.

15

Mina était allongée sur son lit de camp, les yeux fixés sur le plafond de la grotte. L'image de Caden frappé par le carreau était gravée dans son esprit. Elle l'avait hantée tout le long du chemin de retour à l'Enclave, et elle la hantait encore maintenant, l'empêchant de dormir.

Elle l'avait tué.

Les larmes lui piquaient les yeux. Elle savait que c'était la bonne chose à faire, mais elle se détestait de l'avoir fait. Et elle se détestait d'être bouleversée d'avoir fait ce qui était juste. C'était de sa faute s'il avait trouvé Lireth en premier lieu. Elle avait utilisé sa nouvelle position auprès de Lord Klodian pour l'éloigner. Maintenant il était mort, et de ses propres mains.

Mina essuya les larmes qui coulaient sur ses joues et s'assit. C'était douloureux, mais sa tristesse ne le ramènerait pas. Elle devait se changer les idées et laisser ses émotions se calmer. Se levant de son lit, elle quitta sa chambre et erra dans les tunnels. Elle essaya de vider son esprit, mais il était impossible d'effacer de sa mémoire le regard stupéfait de Caden.

— Que fais ?

Son cœur bondit dans sa poitrine, et elle se retourna pour voir Areg. Il était pieds nus et semblait ne pas être réveillé depuis longtemps.

— Je t'ai réveillé ? demanda-t-elle.

Areg se frotta les yeux et bâilla. — Non. Que fais ? répéta-t-il.

— Rien. Juste... Juste quoi ? Elle ne savait pas quoi dire, et une vague écrasante d'émotions la submergea. Elle s'effondra au sol et se mit à sangloter.

Areg s'approcha et l'étreignit, ses petits bras forts et réconfortants. Il ne dit rien pendant qu'elle pleurait, et finalement, les larmes s'arrêtèrent. Mina s'écarta de l'elfe et s'essuya les yeux.

— Merci, dit-elle maladroitement, évitant son regard.

— Quoi mal ?

— Mon ami est... parti.

— Caden ?

Mina hocha la tête, reniflant.

— Pas bonne réponse. Mais temps guérit.

Il avait raison. Ce n'était pas une bonne réponse, mais elle savait qu'il essayait d'aider. Et ses paroles étaient vraies. Le temps guérissait les blessures, bien qu'elle sût que celle-ci l'affecterait pendant longtemps. Tout cela semblait être un rêve.

— Besoin repos. Bataille vient.

— Je peux me reposer plus tard. Les draman sont encore à au moins une journée de marche des Longs Sables. Deux jours d'ici.

— Eux dans désert maintenant.

Mina le regarda. — C'est impossible. Ils se sont arrêtés et ont installé... Gedrith s'était trompé. Éliminer leur chef n'avait pas brisé leurs rangs. — L'Enclave est au courant ?

Areg hocha la tête. — Avoir temps. Toi reposer.

Elle était épuisée, mais elle doutait de pouvoir dormir. Malgré cela, elle se leva et marcha avec l'elfe jusqu'à sa chambre. Areg continua son chemin, et Mina grimpa sur son lit de camp et essaya de trouver du réconfort dans l'obscurité sous sa couverture.

Mina.

Quelqu'un la poursuivait. C'était une silhouette sombre, son obscurité changeant constamment comme de l'encre versée dans l'eau.

Mina.

Comment connaissait-elle son nom ? Elle courait aussi vite qu'elle le pouvait, mais c'était comme si elle se déplaçait dans de la mélasse. L'obscurité se rapprochait d'elle, des vrilles vaporeuses tendues, cherchant à l'atteindre.

Mina.

Elle se réveilla en sursaut et repoussa la couverture. La sueur couvrait chaque centimètre de son corps, et elle réalisa qu'il n'y avait rien qui essayait vraiment de l'attraper. Gedrith était à la lisière de son esprit.

Tout va bien ? demanda-t-il. *Le lien était rempli de peur.*

Je vais bien. C'était un cauchemar. Je suis désolée.

Ne t'excuse pas. Tu ne peux pas contrôler tes rêves. Prépare-toi et rejoins-moi à la surface.

Mina se traîna hors du lit et enfila ses bottes, suivies de son armure. Elle boucla son épée autour de sa taille et sortit dans le couloir, s'arrêtant quand son estomac gargouilla. Le petit-déjeuner pouvait attendre.

Les tunnels étaient étrangement silencieux alors qu'elle se dirigeait vers l'entrée de la forteresse souterraine. Quand elle grimpa la pente raide et atteignit le sommet, elle comprit pourquoi. Les dragons étaient tous à la surface. Certains se tenaient debout dans le sable tandis que d'autres tournoyaient dans le ciel.

Qu'est-ce qui se passe ? demanda Mina. Elle regarda vers l'ouest, plissant les yeux.

Les draman sont arrivés, répondit Gedrith.

Ils ont voyagé plus vite que je ne l'attendais.

Je suis sûr que Lireth y est pour quelque chose.

Elle a dû leur indiquer comment venir ici aussi.

Non, elle ne connaît pas le chemin.

Alors comment ont-ils su où nous trouver ?
Viens voir.

Mina grimpa sur le dos de Gedrith et il s'éleva dans les airs. Il n'eut pas besoin de monter très haut pour qu'elle le voie. De nombreuses lignes bombées dans le sable ondulaient d'avant en arrière.

Des vers des sables ? Mais pourquoi—

Ils se sont alliés contre un ennemi commun, répondit Gedrith.

Mina regardait avec incrédulité. Au moins une douzaine de ces créatures remuaient le sable, et derrière elles, l'armée de draman avançait régulièrement. Les dragons pouvaient facilement se défendre contre les plus petits reptiliens, mais les vers des sables posaient un problème beaucoup plus important. Ce ne serait pas une bataille facile. Elle regrettait de ne pas avoir mangé quelque chose, mais c'était le moindre de ses problèmes.

Quel est le plan ?

Nous devons les empêcher d'atteindre les tunnels. S'ils libèrent Lireth, ils seront enhardis.

Tu as l'air inquiet pour cette dernière partie.

L'odeur de lavande atteignit ses narines. Gedrith avait peur.

Tu ne penses pas que nous pouvons les arrêter ? demanda-t-elle.

Je crains ce que nous perdrons avec la victoire.

Elle ne comprenait pas ce qu'il voulait dire, et avant qu'elle ne puisse demander, il dit, *Tu seras au sol. Concentre tes efforts sur les draman. Nous nous occuperons des vers des sables.*

Je préférerais t'aider. J'ai déjà tué un ver des sables, et je peux le refaire.

L'odeur de lavande se transforma en citron et clou de girofle.

Je ne doute pas de vos capacités, dit Gedrith. *Mais vous devez mettre votre fierté de côté. Le temps que vous mettiez à tuer un wyrm, nous en aurons tué cinq. Il m'est plus facile de combattre avec les dents, les griffes et les flammes si je n'ai pas à m'inquiéter de vous sur mon dos.*

Je comprends, mais que puis-je faire contre une armée de draman ?

Tout ce qu'il faut pour les empêcher d'entrer dans les tunnels. Areg vous aidera, et une fois que nous aurons réglé le problème des wyrms, nous nous occuperons d'eux.

Les wyrms des sables n'étaient plus qu'à quelques centaines de mètres, et quelques dragons plongeaient, labourant le sable de leurs griffes.

Il est temps, dit Gedrith. Il atterrit au sol, et Mina sauta rapidement de son dos. *Restez en vie.*

Je ferai de mon mieux, répondit Mina.

C'est tout ce que j'attends de vous.

Il reprit son envol, et Mina se sentit un peu soulagée lorsqu'Areg la rejoignit. Il portait une cotte de mailles polie, et la lumière du soleil se reflétait sur les anneaux, lui donnant l'air de briller. Un casque d'argent élégant ornait sa tête, et le dessin gravé dans le métal était aussi beau qu'une œuvre d'art. Des ailes s'étiraient sur les côtés, et la protection nasale ressemblait à un bec d'aigle. Il tenait le manche d'une longue lance, et une épée était attachée à sa ceinture.

— Tu as l'air royal, dit-elle en lui souriant.

— Prêt à mourir, répondit-il. Impressionner ancêtres.

Mina dégaina son épée et tourna son attention vers l'armée qui avançait. Les dragons continuaient à harceler les wyrms, mais cela ne semblait pas ralentir leur progression.

Ils s'approchent des tunnels, avertit Mina à Gedrith.

Encore un peu, dit-il.

Elle resserra sa prise sur la poignée de sa lame. Jusqu'où devaient-ils aller ? Un tremblement secoua le sol, suivi d'un autre, puis d'un autre.

— Mur de pierre, dit joyeusement Areg.

— Quoi ?

L'elfe pointa le sol du doigt. — Pierre sous sable. Grosse pierre.

Mina éclata de rire. Les dragons avaient placé un mur de pierre sous le sable. C'était une défense brillante. L'un des wyrms perça la surface du sol, son corps charnu ondulant tandis qu'il s'élevait dans les airs.

Les dragons attaquèrent sans merci, crachant du feu et lacérant de leurs griffes. La bête hurla de colère et de douleur, sa gueule ouverte claquant dans tous les sens, essayant de riposter, mais les dragons étaient trop rapides, manœuvrant facilement hors de portée. Mina observait ce spectacle avec admiration jusqu'à ce qu'Areg pointe son épée.

Le mur de pierre souterrain avait arrêté l'avancée des wyrms, mais les draman continuaient d'avancer, se dirigeant droit vers eux. Le cœur de Mina battait dans sa poitrine, mais étrangement, elle n'avait pas peur. Elle se sentait déterminée. Elle jeta un coup d'œil à Areg.

— Prêt à rendre tes ancêtres fiers ?

— Avec honneur.

Les draman étaient maintenant si proches que Mina pouvait voir les détails de leurs visages reptiliens. Leurs yeux brillaient de soif de bataille, et ils rugissaient en signe de défi. Areg leva sa lance et la lança. Elle fendit l'air, frappant l'un des draman et l'envoyant faire un salto arrière. L'adrénaline coulait dans les veines de Mina, faisant momentanément flou sa vision. Cela la remplissait d'un étrange mélange d'excitation et de peur, et elle poussa son propre cri de guerre.

Une vague de chaleur intense la submergea lorsqu'un dragon passa au-dessus d'elle, baignant les draman dans un torrent de flammes. Beaucoup tombèrent, brûlés au-delà de toute reconnaissance. Ceux qui ne l'étaient pas continuèrent d'avancer, croisant le fer avec elle et Areg.

L'elfe bougeait avec une grâce fluide, son épée tissant une danse mortelle, abattant draman après draman. Mina se battait de toutes ses forces, le fracas de l'acier résonnant constamment, comme la cadence d'un tambour de guerre. Elle esquivait les attaques, parait avec son épée et portait ses propres coups.

La bataille faisait rage, mais elle et Areg étaient en infériorité numérique. Mina voulait risquer un coup d'œil pour voir comment les dragons s'en sortaient contre les wyrms, mais elle n'osait pas perdre sa concentration.

— Moi ! Vers moi ! cria Areg.

Mina recula dans la direction de sa voix jusqu'à ce qu'elle le heurte. Ils se tenaient dos à dos, repoussant à peine les draman qui les entouraient. Du coin de l'œil, elle vit plusieurs créatures se précipiter dans le tunnel. Il n'y avait rien qu'ils puissent faire pour les arrêter.

Ils sont dans le tunnel ! cria-t-elle à Gedrith.

Il ne répondit pas, mais elle pouvait sentir sa rage à travers leur lien. Le battement d'ailes à proximité lui fit lever les yeux assez longtemps pour voir quelques dragons fondre sur eux. Son soulagement s'évanouit quand elle réalisa qu'ils n'étaient pas des alliés.

Les ignorant, elle et Areg, ils atterrirent dans le sable et se précipitèrent en avant, entrant dans le tunnel. Les draman auraient du mal à briser les murs qui contenaient Lireth, mais pas les dragons. L'espoir s'évanouissait, et avec lui, la force de Mina. Ses mouvements devinrent lents, et un draman réussit à passer sa lame au-delà de sa parade, entaillant la chair de son avant-bras gauche. Une douleur brûlante se répandit le long de son bras.

C'était fini. C'était la fin pour elle. Pour eux tous. Elle enfonça son épée dans le cou du draman qui l'avait coupée, puis hurla. Toute sa peur, sa douleur et sa perte se trouvaient derrière son cri, mais il y avait plus. Quelque chose de plus profond, de plus chaud. Cela aspirait à la liberté, et elle le laissa jaillir.

Le feu de Gedrith jaillit de sa bouche, engloutissant les draman les plus proches d'elle. Les flammes continuaient sans relâche, et elle tourna la tête à gauche et à droite, brûlant tout sur son passage. Des cris de douleur et de surprise emplirent l'air, et l'incendie repoussa les draman.

Le feu s'éteignit, et Mina tomba à genoux, ses dernières forces épuisées. Ses doigts étaient trop faibles pour tenir son épée, et elle tomba dans le sable à côté d'elle. Elle avait fait tout ce qu'elle pouvait, et ce n'était toujours pas suffisant. Mina chercha Gedrith dans le ciel. Quelques-uns des wyrms étaient tombés, mais il y en avait plus de vivants que de morts. Il y avait si peu de dragons que le ciel lui semblait vide.

Le sol trembla, les grains de sable vibrant les uns contre les autres. Mina regarda autour d'elle, confuse, et croisa le regard d'Areg. Il regardait vers le tunnel. Elle devina que d'autres wyrms des sables arrivaient. La vibration s'intensifia, devenant plus forte. Mina rassembla le peu de vigueur qui lui restait et saisit son épée, se levant lentement.

La terre au-dessus du système de grottes explosa, projetant du sable et du verre dans toutes les directions. L'énorme masse de Lireth s'envola dans le ciel, ses écailles noires sombres comme la nuit. Le dragon ouvrit la gueule et poussa un rugissement assourdissant.

16

Allongé sur le flanc d'une dune, Caden observait le combat entre les vers des sables et les dragons. Bien qu'il eût préféré être en première ligne avec les draman, le poison qui coulait dans ses veines l'avait ravagé. Au lever du soleil, Eira et Bast avaient été surpris de le voir encore en vie. S'il devait être honnête avec lui-même, il en était tout aussi étonné. Malgré la force empruntée à Lireth, c'était tout ce qu'il pouvait faire pour rester conscient.

— Je n'ai jamais rien vu de tel, dit Eira à côté de lui. Je ne savais même pas qu'il existait des vers des sables.

Il ne gaspilla pas ses mots avec elle. Son esprit s'affaiblissait rapidement. Bien qu'il eût survécu à la nuit, il savait que son temps était compté.

Merci de m'avoir fait confiance pour diriger ton armée, dit-il à Lireth. *Ç'a été un honneur. Ils te libéreront bientôt, et tu obtiendras ta vengeance sur l'Enclave, mais je crains de ne pas pouvoir y assister.*

Tu ne mourras pas. Je vais te guérir.

Caden laissa échapper un rire bref face à l'absurdité de ses paroles. Sûrement, elle pouvait sentir que sa connexion au lien s'estompait. Ou peut-être était-elle dans le déni, refusant de croire que son serviteur était au bord de la mort. Quoi qu'il en soit, au moins avait-il eu un dernier rire avant que la mort ne l'emporte. Cela lui fit du bien et chassa momentanément la douleur, aussi brève fut-elle.

— Qu'y a-t-il ? demanda Eira. Le dragon... Lireth ?

Caden hocha la tête et sentit ses yeux se fermer d'eux-mêmes. Il aurait lutté contre cela, mais il n'en voyait pas l'intérêt. Le repos arrivait, et il l'accueillait avec joie. Une vague de force l'envahit, et il força ses yeux à s'ouvrir. La bataille faisait rage dans toutes les directions, puis Lireth surgit du sol. Son souffle se coupa dans sa gorge. Elle était majestueuse et sublime.

Je viens à toi.

Il le souhaitait, mais il savait que c'était un effort vain. Même un dragon ne pouvait vaincre la mort. Les dragons qui combattaient les vers des sables s'écartèrent immédiatement et volèrent droit vers elle.

Un grondement assourdissant résonna sur les dunes.

— Les grottes, dit Eira. Elles s'effondrent.

Caden se demanda si Mina était là-bas. Il l'espérait. Elle mourrait comme lui, seule et oubliée. Aucune famille pour le pleurer, aucun ami pour l'aider. Eira était une étrangère, et Lireth... eh bien, elle était sa maîtresse. Il n'y avait pas d'amitié entre eux. C'était un lien de servitude. Il le voyait maintenant, plus clairement que jamais. Peut-être qu'au final, Mina avait eu raison.

Il contempla le chaos qui se déroulait et réalisa la vérité. Lireth *était* maléfique. Elle l'avait lié à elle sans son consentement ni son approbation. La mort, semblait-il, apportait de la clarté sur bien des choses. Il méritait son sort, et il trouvait approprié que la source de sa mort soit un poison fabriqué à partir du sang de la créature même qui l'avait sauvé. Son appel avait été à la fois une bénédiction et une malédiction.

Et finalement, il avait échoué. Non seulement envers Mina, mais aussi envers lui-même.

L'idée de cesser d'exister, de ne plus jamais ressentir le toucher d'un autre, de ne plus jamais faire partie de quelque chose de plus grand, de ne jamais pouvoir expier ses fautes, le remplissait d'un chagrin et d'une agonie bien plus douloureux que les effets du poison.

La force de Lireth commença à s'estomper à nouveau, et Caden ressentit dans le lien quelque chose qu'il n'avait jamais attendu : de l'angoisse. Et autre chose : de la culpabilité. Lireth se sentait coupable ? C'était la révélation la plus surprenante de toutes.

Il ferma les yeux, et l'obscurité l'enveloppa.

17

Gedrith et les autres dragons restants fondirent sur Lireth. La bataille captivait même l'attention des dramans. Mina restait sur ses gardes, mais les créatures ne se souciaient plus d'elle ni d'Areg.

— Qu'est-ce que c'est ? demanda l'elfe.

Mina se tourna dans la direction qu'Areg indiquait. Deux silhouettes étaient visibles, loin du champ de bataille. Le soleil éblouissait sur le sable, et elle plissa les yeux face à cette lumière aveuglante. Était-ce...

Non. C'était impossible. Il était mort. Elle l'avait vu tomber de ses propres yeux. Mais elle devait en être sûre. Elle sprinta à travers le sable, et Areg la suivit. Les dramans ignorèrent leur départ, toujours concentrés sur leur maître.

En s'approchant, il n'y avait plus de doute possible.

— Caden !

Mina réalisa que quelque chose n'allait pas. Sa peau était pâle, et il ne semblait pas conscient. Une femme et un renard étaient avec lui, mais elle ne reconnaissait pas la personne.

— Qui es-tu ? demanda la femme en se mettant en travers de son chemin.

— Je suis une amie. Ou du moins, je l'étais. Est-ce qu'il...

— C'est toi qui l'as frappé avec la flèche, n'est-ce pas ?

Les joues de Mina brûlèrent de culpabilité.

— Oui, mais tu ne comprends pas. Il est...

— Je n'ai pas besoin de comprendre. Tu devrais partir. Il souffre déjà assez du poison. Laisse-le mourir en paix.

— Il faut que je lui parle, protesta Mina. S'il te plaît.

La femme posa sa main sur le pommeau de son épée.

— Non. Maintenant, va-t'en avant que je ne t'y force.

Mina regarda Areg, et l'elfe hocha la tête d'un air entendu.

— Je ne connais pas ton lien avec Caden, mais je le connais mieux que toi. Il voudrait me parler.

La femme dégaina son épée, et le renard à ses pieds montra les dents en sifflant de manière menaçante.

— Je ne veux pas me battre, dit Mina.

— Ça fait une de nous.

La femme bondit en avant, la pointe de sa lame visant le cou de Mina. Mina para le coup, le son du métal résonnant dans l'air. La femme l'attaqua avec fureur, et leurs lames s'entrechoquèrent. Le renard tournoyait autour des pieds de Mina, essayant de la faire trébucher, mais Areg l'attrapa par la peau du cou et le maintint.

— Ne fais pas de mal à Rem, gronda la femme.

Mina pouvait dire que la femme était habile, mais elle était déterminée à atteindre Caden. Elle puisa dans la force de Gedrith, mais sans trop en prendre pour ne pas perturber son combat contre Lireth. Elle en siphonna juste assez pour revigorer ses muscles endoloris et prendre l'avantage sur la femme. Mina frappa de toutes ses forces et brisa l'épée de la femme, comme elle l'avait fait à Caden dans la forêt.

Les morceaux brisés de la lame tombèrent sur le sable, et la femme hésita. Mina sentait que la femme avait encore de la combativité en elle, mais elle regarda son compagnon renard et recula.

— Je ne lui ferai pas de mal, dit Mina. Elle passa devant elle et s'agenouilla près de Caden. Areg la couvrait, elle n'était donc pas inquiète que la femme la frappe quand elle ne regardait pas.

— Je suis désolée, murmura-t-elle. Je n'ai jamais voulu que tout cela arrive.

Des larmes coulaient sur ses joues, mais elle ne prit pas la peine de les essuyer. Caden ne bougeait pas. Elle l'avait retrouvé pour le perdre à nouveau.

Achève-le, lui dit Gedrith. *Cela affaiblira Lireth temporairement pour que nous puissions la vaincre.*

Mina se figea et avala la boule dans sa gorge. *Ne me demande pas de faire ça.*

Je l'ai déjà fait. Dépêche-toi !

Elle resserra sa prise sur le pommeau de sa lame, mais elle ne pouvait pas le faire. Ce n'était pas en elle. Pas cette fois. Pas encore. Elle laissa tomber son épée et regarda Areg.

— Dois faire.

— Je ne peux pas, chuchota-t-elle.

Areg s'avança, mais un bruit semblable au tonnerre déchira le ciel. Ils regardèrent tous deux vers la bataille. Lireth avait déchaîné une sorte de magie qui ondulait à travers le ciel. Les dragons alentour devinrent flasques et tombèrent, s'écrasant au sol en contrebas. Son cœur chuta dans son estomac alors qu'elle regardait Gedrith tournoyer impuissant.

Tu dois l'arrêter !

Lireth fila à travers le ciel, plus vite que tout ce qu'elle avait vu auparavant. Le dragon ouvrit la gueule, et des flammes en jaillirent. Mina agrippa Areg et le poussa derrière elle, puis invoqua le feu de Gedrith et souffla ses propres flammes. Les deux flux se heurtèrent dans un aveuglant et brûlant déploiement de puissance. Mina sentit la chaleur sur sa peau, plus chaude que tout ce qu'elle avait rencontré auparavant. Le sable et la poussière tourbillonnaient dans l'air, et elle serra les dents en repoussant les flammes de Lireth de toutes ses forces.

Ce n'était pas suffisant.

Le feu de Lireth engloutit le sien, et la force projeta Mina en arrière, lui coupant le souffle. Elle haleta en essayant de se retourner. Sa vision était floue et sa tête bourdonnait sous l'impact. Du sable remplissait sa bouche, mais elle s'en moquait. Le dragon atterrit, et d'un battement d'ailes, il envoya Areg et la femme rouler le long des dunes.

L'esprit de Mina lui disait de se lever, mais son corps n'obéissait pas. Elle regarda, impuissante, Lireth se tenir au-dessus du corps inerte de Caden.

Gedrith !

Sa réponse fut un flot de douleur à travers leur lien. Elle le repoussa, bloquant leur connexion. Pendant un long moment, Lireth ne fit rien. Elle se tenait simplement là, regardant Caden. Finalement, elle leva la tête et ouvrit les mâchoires. Un filament éthéré s'échappa, blanc comme de la fumée, et flotta dans le vent avant de serpenter dans les narines de Caden.

— Non ! hurla Mina.

Elle essaya de se lever, mais ses jambes ne supportaient pas son poids et elle retomba sur le sable. Repoussant la douleur, elle rampa à la place, désespérée d'atteindre Caden.

Le dernier bout du filament fantomatique s'échappa de la gueule de Lireth et disparut en lui. Mina ne savait pas ce que c'était, mais ça ne pouvait pas être bon. Les pattes de Lireth tremblèrent, et le dragon s'effondra sur le côté, bloquant Caden de sa vue. Mina continua de se traîner à quatre pattes, forcée de contourner la bête massive.

Elle atteignit le côté de Caden et posa sa tête sur sa poitrine. Son battement de cœur était faible. Elle regarda Lireth, inquiète qu'elle se relève et attaque à tout moment. Le dragon respirait avec difficulté, et ses yeux se fermèrent lentement. Un dernier souffle s'échappa de ses narines, et elle resta immobile.

18

Lorsque Caden ouvrit les yeux, la première chose qu'il vit fut le plafond blanc au-dessus de lui. La seconde fut Eira. Elle était assise à son chevet, et Rem était blotti sur ses genoux. Ses yeux étaient fermés, mais Rem le regardait.

Étonnamment, il ne ressentait aucune douleur. Il essaya de bouger ses doigts — et ça marcha. Il ne se sentait pas faible non plus. Caden se redressa sur son coude et regarda autour de lui. Il était dans une infirmerie. L'endroit lui semblait vaguement familier, mais il n'était pas sûr de savoir où il se trouvait.

— Tu es réveillé, sourit Eira. Les médecins n'étaient pas sûrs que tu reprennes conscience. Je suis contente que tu leur aies prouvé le contraire.

— O-où suis-je ?

— À la forteresse de Klodian. Je n'ai jamais entendu parler de cet endroit, mais je ne suis pas d'ici.

Caden se rallongea et fixa le plafond. La forteresse de Klodian ? Avait-il rêvé tout ça ? Non, bien sûr que non. Eira et Rem étaient là, ce qui signifiait que tout était vraiment arrivé. Mais ses derniers souvenirs étaient flous. Il avait été empoisonné et était...

— Que s'est-il passé ?

— De quoi te souviens-tu ?

— Pas grand-chose. Des bribes de la marche vers Les Longs Sables. Les wyrms combattaient l'Enclave, et le reste est... Caden haussa les épaules. Perdu dans ma mémoire.

— Tu as de la chance. Le draman a libéré Lireth de sa prison. Elle a combattu l'Enclave avant de les frapper tous d'un sort, puis elle s'est tenue au-dessus de toi et... Eira regarda sur le côté, les yeux écarquillés comme si elle revivait l'événement, ...t'a insufflé quelque chose.

Caden répéta ses mots dans sa tête, essayant de comprendre ce que cela signifiait. Était-ce l'antidote au poison ? Il chercha à travers le lien, mais il n'y avait rien de l'autre côté, juste un vaste abîme de vide.

— Où est-elle ?

— Mina ?

— Quoi ? Non. Lireth. Où est Lireth ?

— Elle est... morte. Quoi qu'elle ait fait, ça t'a sauvé la vie et lui a coûté la sienne.

Au début, il ressentit une piqûre d'agonie. Elle se transforma lentement en soulagement alors que des fragments de sa mémoire lui revenaient. Il avait réalisé qu'elle était mauvaise, mais compte tenu de ce qu'il venait d'apprendre, il remettait cela en question. Quelqu'un de maléfique se sacrifierait-il pour en sauver un autre ? Son premier instinct était de dire non, mais peut-être avait-il tort. Peut-être y avait-il du bon en chacun, même si c'était profondément enfoui.

— Tu as mentionné Mina. Elle a survécu ?

— Oui. Elle t'a amené ici pour te soigner. Elle nous a amenés aussi, mais Rem n'a pas vraiment aimé chevaucher un dragon. Il a dit que c'était trop venteux.

Caden sourit. Mina avait essayé de le tuer, et pourtant elle s'était donné la peine de le ramener chez lui, son vrai chez-lui. Un autre mystère à méditer.

— Comment te sens-tu ?

— Bien. Normal.

Avec la présence de Lireth complètement disparue de son esprit, il avait l'impression qu'un grand brouillard s'était levé. Ses pensées étaient claires et lui appartenaient. Il regarda son corps. Il n'y avait ni coupures ni ecchymoses, et sa peau était bronzée et en bonne santé. C'était comme s'il n'avait jamais été empoisonné — ni dans son corps, ni dans son esprit.

Eira l'observait avec une expression curieuse. Rem s'étira et bâilla, puis sauta des genoux d'Eira pour inspecter la pièce.

— Tu sembles... différent.

— Que veux-tu dire ?

— Je ne sais pas. Tu sembles centré. Plus en contrôle. De toi-même, je veux dire.

C'était vrai. Il ressentait un nouveau sentiment de clarté. Lireth avait dû avoir plus de contrôle sur lui qu'il ne le pensait. C'était une réalisation effrayante. Il s'assit et prit une profonde inspiration. Tout semblait... frais. C'était comme si Lireth lui avait insufflé une nouvelle vie. Peut-être était-ce exactement ce qu'elle avait fait.

Caden balança ses jambes sur le côté du lit et se leva. Les choses seraient différentes cette fois. Elles devaient l'être. Il regarda Rem, qui inspectait maintenant un vase de fleurs sur le rebord de la fenêtre, puis Eira qui le fixait toujours.

— Merci pour ton aide. Que vas-tu faire maintenant ? Retourner dans la nature ?

Eira haussa les épaules. — J'ai pensé rester avec toi. Ça a été toute une aventure jusqu'ici, alors pourquoi s'arrêter maintenant ?

Caden rit doucement. — Je dois réparer certaines choses, et je ne sais pas à quel point ce sera excitant, mais tu es la bienvenue aussi longtemps que tu le souhaites.

Rem jappa, et Caden regarda le renard. — La même chose vaut pour toi.

Une longue route l'attendait, mais avec ses nouveaux amis, elle ne semblait pas si intimidante.

19

Mina était assise à l'extérieur de la grotte de la montagne, observant les étoiles scintiller au-dessus d'elle. Areg était assis à côté d'elle, une expression nostalgique sur le visage. Ils ne pouvaient pas être plus différents, tous les deux. L'Enclave avait décidé de quitter Les Longs Sables et de construire un nouveau foyer plus proche de la civilisation.

Lireth était morte, mais cela ne signifiait pas que d'autres menaces ne surgiraient pas. Avec le temps, ils se réintroduiraient auprès des humains, et peut-être même reconstruiraient les cavaliers. Gedrith lui avait dit que l'Enclave était satisfaite de ses actions, et qu'elle avait beaucoup fait pour restaurer leur foi en l'humanité. Les draman avaient fui après la chute de Lireth, leurs rangs brisés et dispersés.

Elle avait laissé Caden aux soins de Lord Klodian, bien qu'en vérité, elle savait qu'il était entre de meilleures mains avec Eira. La femme avait essayé de le protéger d'elle, après tout. Elle avait échoué, mais c'était l'effort qui comptait.

— Il y a quelque chose que je voulais te demander, dit Mina en jetant un coup d'œil à Areg.

— Quoi ?

— Où est le reste de ton peuple ? Avant de te rencontrer, je ne savais même pas que les elfes existaient.

— Loin. Au-delà de l'océan.

— Penses-tu que tu les reverras un jour ?

Areg haussa les épaules. — Sais pas. Banni.

— Ils t'ont banni ?

Il hocha la tête.

— Pour quelle raison ?

— Lié à dragon. Contre loi.

Le visage de Mina se plissa de surprise. — Je pensais que les elfes se liaient aussi aux dragons avant que le monde n'oublie la vérité à leur sujet ?

— Seulement humains oublient. Elfes savent toujours. Royauté seule se lie à dragon. Areg pas royauté.

Beaucoup de choses prenaient sens avec cette connaissance, et Mina hocha la tête en comprenant. — Je suis désolée d'avoir demandé. Je suis sûre que ça fait mal d'en parler. J'étais une esclave, mais au moins je n'ai pas été bannie par les miens.

— Long temps. Pas douleur.

Mina ne savait pas si elle le croyait, mais elle n'allait pas le pousser à en dire plus.

— Que faire ? demanda-t-il.

Mina leva à nouveau les yeux vers les étoiles et admira leur beauté un instant, puis tourna son regard vers Areg.

— Un ami sage m'a dit un jour ce que je devrais faire, et je vais suivre son conseil.

L'elfe la regarda d'un air interrogateur.

— Il m'a dit : « Fais le bien. » Alors j'ai l'intention de faire le bien chaque jour jusqu'à ce que je ne marche plus sur cette terre.

Areg sourit. — Plan bon.

— Je le pense aussi.

Mina soupira. Pour la première fois depuis longtemps, elle était satisfaite. Tout allait bien, et elle allait « faire le bien ».

LA FIN

À PROPOS DE L'AUTEUR

Bonjour!

Je suis un auteur fantastique qui adore écrire sur les dragons. J'ai publié plus de 40 livres et j'ai l'intention d'en écrire bien d'autres.

J'espère que vous avez apprécié ce livre et merci de l'avoir lu.

Vous pouvez me suivre sur les réseaux sociaux pour me contacter directement sur https://www.facebook.com/dragonfirepress.